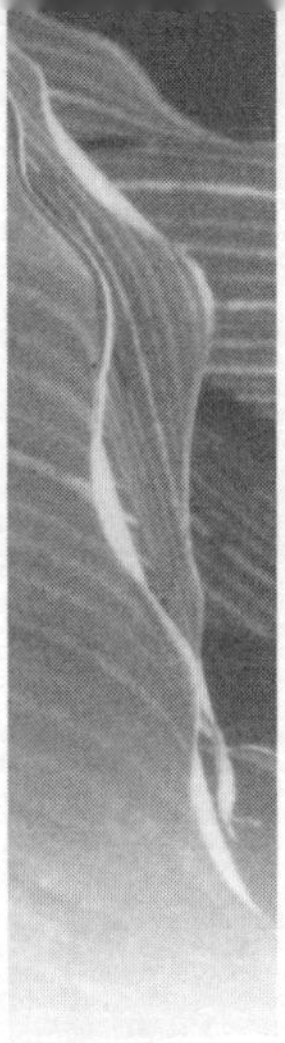

砂の本

Yamaguchi Kaoru
山口 馨

鳥影社

砂の本

目次

I

砂の本

II

虫の譜

III

無言歌

砂の本

装幀・写真――毛利一枝

I 砂の本

駑《ど》馬《ば》

建物が壊されていくのを見ていた。その二階建ては一年前まで住んでいたアパートだった。入居していたのはたかだか七ヵ月くらいだが、格別な思い入れがあったから、解体するという話を藤原から聞いて平沢義一《よしかず》は車を飛ばした。

余裕を持って出たつもりだったが、道路状況の読みが甘かったようだ。到着までに予定していた三時間をかなりオーバーしてしまったが、どうやら作業の開始には間に合った。

現場では準備は済んだらしく、すでに持ち場の配置についていた。遠目にも作業員たちの動きに緊張が窺《うかが》えた。重機が動き始めて鈍い轟音《ごうおん》と微《かす》かな振動が、離れていても伝わる。

アパートの東側に面した川の対岸で、空地に車を寄せて川べりの僅かな傾斜を上った。目測で幅が二〇メートル程度の川には堤防とは名ばかりの、辛うじて人が一人通れる程度の小道が流れに沿っている。

アパートに住んでいた間、堤防の細い道を辿《たど》って朝夕散歩をしたものだ。下流に架かる橋まで行き、それを渡って一周。かける時間は三、四十分ながら、道の両側に繁茂した草々が順繰り小花をつけるのに目を遣るだけでも気持ちが伸びやかになった。そんなささやかなことでも、初めての土地に馴染《なじ》んでゆく助けになったかもしれない。その道に立って、作業の進む様子を眺めているのだ。

ベースマシンに解体アタッチメントが装着されているのだが、巨大な爪はいかにもパワーがありそうで、実際フォークの一薙《な》ぎで壁に大きな穴が開き、柱がドウと傾く。破壊する音は流石《さすが》に大きくて、鼓膜を震わせる。

だが、一旦壊れ始めると、普請の安直さが露《あら》わで、よくぞこれだけ簡単な構築物に何人もの人間を住まわせていたものだと呆《あき》れるくらいだ。造りが単純なせいか、仕事がやけに捗《はかど》って、構造材が基礎の中に次々と崩れ落ちていく。

素人目にも、こんなものでいいのかなと首を傾げたくなるようなお手軽な養生にも拘《かか》わらず、崩落の砂塵《さじん》も大して上がらない。慣れたものだ。なかなかの毀《こわ》し上手だと、妙に感心した。

流石に瞬く間、とまでは言えないが、仕事が早い。嘆息が出る。あけぼのハイツC棟が、遂《つい》に消えてしまった。薙《な》ぎ倒された構造部材を撤去して基礎も解体されれば、あとは整地するだけだ。短い期間だったが、住んでいた建物との別れには、やはり侘《わび》しさがあった。

勿論《もちろん》、その感情は建物のせいばかりではない。

C棟と呼称されるからには、AもBもあるのだが、どちらもC棟とは造りが違う。AとBは鉄筋コンクリートの三階建てで、こちらははっきりマンションと言える。

道路と川が斜めに交差する地形だったから、二棟を配置すると川沿いに細長い三角地が残った。そこについでに小振りなものを建ててしまおうと地主は考えたものだろう。A、Bには通常の2LDKや3LDKが組み込まれていたが、C棟だけは1DKと小さく、予《あらかじ》め入居者のタイプを想定し区分されていたようだ。単身者か、一時的な転勤族、要するに小さな所帯の入居を当て込んだ空地利用ということだ。同じ名前を冠してはいるが自ずから性格の異なる建築物ではあったのだ。

そもそも、この地、市の中心街からやや奥まった南西部にマンションをと考えたのは、隣接地に相当規模のスーパーマーケットの建設が本決まりになったことによる。隣町と結ぶ主要県道に沿う地域には願ってもない施設だったから、かねてより誘致は進められていたようだ。

スーパー横の土地を所有している者にとってマンション建設は有効な利用方法だった。

「土地を持っている者はやっぱり強いよ」

初めてこの地に伴われた時に藤原がその間の経緯を簡単に説明しながら肩を竦《すく》めてみせた。

「C棟に一室空きがある。うちの社員が使っていたのだが、事情があって辞めたんだ。冷蔵庫や洗濯機は会社の支給品だ、小さいがな。ベッドも一応ある。それを使ってくれたらいい。寝具は自分で見繕ってもらうとして。どうせ奥さんが下見に来るんだろうし、当面必要な品物はその時に」

すでに決定しているかのように話が進んでいくのを、あの日、義一は半ば呆然《ぼうぜん》として聞いていた。


数字に追われ続けた会社員生活が六十三歳で終わった時、義一が切実に願ったことはしばらく静かにしていたい、ということだった。「しばらくって？」と妻の頼子《よりこ》が怪訝《けげん》な顔をしたが、意に介さなかった。年金のことがなければ三年前には辞めていた。

事務機器の製造販売の会社は、全国規模とは言え、社員の総てに厚い待遇ができるはずもなく、世の中の傾向に押されるようにしての便宜上の定年延長の施策だった。勤め続けたい者には社に残ることを拒みはしない。但し……。但しが、その後に付く。在籍できるのは従来通りの部門とは限らない。仮に同じ部署でも、役職は解かれる。当然仕事は相応にしてもらわなければならないが、給与は減額。配置転換もないわけではない。

率直なところ、それは義一の感覚からすれば冷遇に近い仕打ち、と取れた。だが、「意に染まぬとおっしゃるなら、退かれても構わないのですよ」、と、むしろそれを奨励するかのような台詞も遠まわしに聞こえていた。ここは無理を押しても踏み止まらざるを得なかった。甘んじて受けた。

目端の利く者なら、早期に退職し、転身を図っただろうが、そこまでの向上心も冒険心も義一は持ち合わせなかった。要するに根性がなかった。長年月、ひたすら地道に、ノルマの消化を心掛ける日々を過ごしてきたのだから。

そして三年が過ぎた。卒業だ。ようやくフリーになる。

社内での送別は早手回しに幾つかの宴を終え、関係先や出入り業者による慰労会やゴルフ会もほぼ一巡し、退職後も何かと雑用があって慌ただしくしていた。

だが、ふと気が付いてみれば、パッタリと外部からの音沙汰がなくなっていた。静かな日々の始まりだった。何もない一日がスタートしていた。強く望んでいたにも拘わらず、「静かに」などという注文は、ここ数年の臍《ほぞ》を噛《か》むような状況から逃げたかっただけなのかと義一は自分を疑った。

朝、六時起床。洗面を済ませて散歩に出る。戻って朝食。ゆっくり新聞を読む。テレビのニュース番組を見る。積んだままになっていた本を取り出す。その内に読もう、いつか役に立つ。そう思って買いだめていた本たち。あれこれ取り出すが、どういう訳か一向に興が湧かない。

小さい庭に僅かばかりの樹を植えている。日当たりを良くしたいために高さは低めに抑え、その剪定《せんてい》は妻の仕事。頼子がずっとやってきた。任せきりだ。手を出す隙がない。「盆栽でもやってみるか」と提案してみたが、毎日の水遣りが欠かせないのだそうで、いずれ自分に回ってくる仕事は増やしたくないと頼子に反対された。ベランダ菜園もチラと考えたが、そこまでは、と、これは自分からあっさり降りた。義一には、することがない。

妻はパートでデパートの食品売り場に出かけている。隣町に住む共稼ぎの娘夫婦を応援するために孫二人を預かって一日を費やしていた時期は、もう随分以前のことだ。今は下校後、塾や習い事を終えてから二人が立ち寄る時間帯を空けておけばいいからと、時間を切って働いている。

孫の将来に少しだけでも役に立ちたい。学費の足しにできるくらいの蓄えが欲しい。そう言われれば無下に反対はできなかった。それに、収入のことは置いても、外に出ることが頼子にも喜びなのだろう。時には憎たらしくも思ったりするが、妻は嬉々《きき》として家を出ていく。

妻が準備してくれた昼食を一人で済ませてから、義一は図書館に出かけるようになった。新聞各紙を順繰りに読んだ。似た年齢の、言っては悪いが老境に近い冴《さ》えない男たちと、時には取り合うようにして紙面に目を凝らす。衝撃的な事件や事故が報じられている時には、「大変なことですなあ」とか「困ったもんです」とか、声に出して同調を求める者もいるが、「ええ」や「はあ」と不明瞭な応じが返ってくるだけだ。図書館は何かの集会場ではない。会話など、有り得べくもないのだ。

時折、新聞や本から顔を上げて周りを見渡してみる。当然だが、誰からもどこからも視線が返されることはない。

再雇用のための訓練講座、植木や襖《ふすま》張りや木工や、と勤め先の同僚から聞いてくる頼子の情報は右から左だ。県民、市民のための教養講座、病院や公共施設でのボランティアなど体を嵌《は》めるところが無いではないが、どれにも気持ちが動かない。シルバー人材センターに登録するなどてんから思いもしなかった。何もする気になれない。背中には、中規模ながら企業を曲がりなりにも動かしていた自負が貼り付いていた。

お父さんは働き過ぎたのだと娘が言い、頼子も義一の腰の重さを責めなくなった。しばらくそっとしておこう。そんなところに落ち着いたようだ。

退職から半年経った頃から、義一は朝夕の散歩以外、表に出なくなっていた。どうにも気が晴れない。夕方に、孫たちが来て賑《にぎ》やかに笑いさざめいていても部屋から顔を出すのが億《おっ》劫《くう》だ。孫たちも、その変調を敏感に察して、祖父と距離を置くようになっている。頼子との会話も減って、食事も黙りがちだ。

そんな状態が四ヵ月近く続いた頃、藤原が訪ねて来た。外向きの明るい性格で、義一とはおよそタイプが違う男だったが、妙に気が合って大学時代からの友人だ。家族ぐるみの付き合いが続いていたが、仕事の関係もあって居を定めた土地が県を跨《また》いでいるせいで頻繁に、ということでもない。会うのはせいぜい年に一度か二度。それでも互いの家を訪問したり旅行をしたりの間柄だった。

藤原は五十歳で建設会社を辞めて会社を興していた。上司と折り合いが悪くて……、などと言っていたが、いずれ独立をと考えていたのだろうと義一は当初から思っていた。

「仕事が有卦《うけ》に入っていてね、忙しいんだ」と陽気にまくし立てる藤原に煽《あお》られて、義一も久々に盃を重ねた。

泊まっていくという藤原のために客間に床を延べたが、頼子は気を利かせて布団を二組敷いた。寝ながらでも話せるように。話をして欲しいと願ったのだろう。

枕を並べて寝ていると、「仕事、手伝ってくれないか。短期間でもいいんだが」と藤原が切り出した。

「俺は今、じっとしていたいんだ。働く気がしない。それに俺は事務屋だ。してきた仕事も事務機器販売。ビル管理なんて畑違いだ」

「いやいや、藤原ビルメンテナンスは、これでもなかなか範囲の広い仕事をしていてね、事務屋さん大歓迎。ビル管理ってさ、不動産屋からビル清掃、家賃の取立て、それに入居者からの苦情受付、そして文字通りの補修。なんでもありなんだ。四角張って考えないでさ、一度出てきてくれ。俺だって人手の足りない時には従業員に交じって清掃にも回る。お前が担当していた地域とは商圏が違うから、仮にさ、仮にお前がモップを振っていても誰も何も思いやしない。周りじゅう知らない者ばかりなんだ。俺と一緒に歩いてみてくれ。とにかく動いてみてくれ」

その気になったわけではないけれど、踏ん切りがつかないまま藤原に説得された形で同行することになった。

「ご主人をちょっと借りますよ。取り敢えず二、三日分の着替えを準備してもらえると有難い」

藤原の申し出に不審がる様子を頼子が見せなかったことで、義一は察するところがあった。夫の塞ぎを心配して頼子が藤原に相談したのだと。

細々ながらでも長く付き合ってきた人間には無防備になれる。おおもとのところで信頼があるからだ。しかも家族とは違う感触があり、それが好ましかった。

藤原が住む町へは、ほぼ海沿いの道を北上する。県境を越えて一時間も走ると、道の左右には稲田が広がるようになった。起伏が少なくて山が遠い。

ハンドルを握る藤原に義一が問いかけた。

「お前、どう思っている？」

「何？」

「俺のことさ、だらしのない奴だと」

「普通だろ」

「え」

「皆、というか、大方の定年男は、今のお前と似たり寄ったりなんじゃないの？　小器用に立ち回って得をしている人間は、俺は好かん。やりたいことがある者や、在職中から準備している者は別として、大抵は途方にくれているってところじゃないのか。計算高いのはみっともない」

藤原が冗談めかして関わっている仕事を数え上げたが、その幅広い職種は、言ってみれば

「隙間」を埋める類だ。だが、それがなければ世の中が回らない。

そういう業界でも、美味しいところだけ持っていこうとする同業者がいる。藤原の言葉の背後にはそういう伏線があるのかもしれなかった。

「みんな、お手上げ状態だって、か？　俺はそれ以下だ」

「そうだろうか」

聞けない言い分だとばかりに口元を歪めた藤原に、義一は胸に溜めていた言葉を呟《つぶや》いた。

「俺は、駑馬《どば》なんだ」

「何、それ」と、呆気《あっけ》に取られている藤原に構わず、口をついて出た言葉が止まらない。

「しばらく図書館通いをしていたことがあってさ、時間潰しに」

「勿体《もったい》ぶるな」

「聞いてくれ。ある時さ、隣の椅子の男が読んでいた本を開いたまま席を立ってさ。年頃も似たような男だったから、何を読んでいるんだ、と覗《のぞ》き込んだ。体裁からすれば詩なんだろうな。詩を読んでやがる。いい年の男が詩か？　横目で文字を追った。文字列がやけに短いのに、読み取れない漢字だ。思わず本をズズッと引き寄せた。随分と分厚い本だったから、つい背表紙もうかがったよ。『堀口大学　全詩集』と見えた。俺は詩とも詩人とも縁なく過ごしてきたが、〝おおい、一生分の仕事かよ〟と恐れ入りながら、それでも開かれているページに目を走らせた。題が『駑馬』とあり、たった四行の詩だった。

駑馬だった
働いた

働いた
駑馬だった

そう書いてあった。

最初の「働いた」と二つ目の「働いた」の間に、一行分の余白がある。そこに重い意味を持たせたのだろうな、くらいのことは俺にもわかる。長い年月を挟み、深い嘆息とともに、痛ましい程の自認がある、と」

後が続かず、途切れてしまった言葉を訝《いぶか》しんで藤原がせっついた。

「何だ、そりゃ」

「何だと思うだろ？　隣の男が戻る前に急いで漢字を書き写した。帰ってから調べたさ。気になるじゃないか。あの隣の男が、その頁から目を離せないでいた理由に思い至った」

「うん」

義一は宙に「駑というのは、こんな字だ」と大きく書いてみせた。

「歩くのが遅い馬のことだった」

「荷物を運ぶ馬じゃなくて？」

「そう、駄馬じゃなくて。転じてさ、駑馬とは鈍い人間のことだ。自らを謙遜して言う言葉だそうだが、こりゃ俺そのものだ、と直感した。一言で言い当てられてしまったんだ。

俺もさ、長いこと働いた。自分で言うのもどうかと思うが、うんと働いたよ。そしてつまるところ、阿呆な一生だったと溜息を吐《っ》くしかない。そんなことなんだろうな」

吐きかける大息に被せるように藤原が声を張った。

「いいじゃないか、結構じゃないか。俺らは皆、その、駑馬って奴だ。お前、やけにしょげていると思ったら、そんなことか。平沢、お前、そもそも心得違いをしてたんじゃないのか？　自分はそれなりの者だと……。いやいや、俺らはみんな駑馬だ。駑馬だらけだ。そうだろう？　世の中は駑馬で運ばれているんだ。それくらいのことは思わなくちゃ」

「みんな駑馬か？」

「そうさ、俺もお前も」

後が続かなかった。言いくるめられたと思ったが、不思議に悪い気はしなかった。

日本で一番長い川だと説明しながら橋を渡って街に入った辺りで、唐突に藤原が話し始めた。

「俺の知り合いにタクシーの運転手をしているのがいる。年配だよ。七十歳をいくつも越えているね。その人が言うんだ。大きな企業を相当な地位で退職した。仕事、仕事の年月だった。これからは遊ぼう。ゴルフにテニスに旅行……。日本中、そして海外も」

「贅沢だね」

「ああ、絵に描いたような……。ところがさ、色々やったけれど退屈したんだって。それでタクシーの運転手。高級車を個人タクシーにして街を流している。稼ぎたいわけじゃない。だけど仕事が一番だ。仕事ほどスリリングなものはないってさ。そして言うんだ。何よりも人と関われる。なあ、平沢、何と言ったって面白いのは人間だよ」


ビル管理の契約を貰うために、あけぼのハイツC棟の一室を藤原ビルメンテナンスは借りていた。果たしてそこに社員を住まわせていたのかどうか、本当のところはわからない。が、藤原が義一のために部屋を確保したのだということは胸に下りた。

「C棟には部屋が六つだ。二号室は年配の姉妹」

Ｃ棟に目を遣りながら藤原は続けた。

「ワンルームとは言ってもね、広めなんだ。二人でも住める。正味の六畳に押入れと作り付けのタンス。隣の部屋との仕切りになっているから騒音は漏れ難い。小さいながらキッチン、バス、トイレ完備。川に向かってベランダ。どうよ、この完璧なコンパクトルーム」

まるで家主ででもあるような自慢げな口振りだ。義一を和ませようとするのだろう、軽快な喋りだ。

藤原の闊達《かったつ》さは生来のものではないことを義一は知っている。再婚した母と義父の間で堪忍の少年時代を過ごしたことを聞かされている。心を鍛えてきた男だ。

「三号室は出版社の紹介で入居した、物書きとでもいうか文科系の男性。俺らよりも大分年上だ。次が五号室。二階だ。そうそう、四号室は欠番でね、部屋はない。で、五号室なんだが、そこには法律家を目指す学生が、元学生かもしれないが終日籠っている。時々母親が掃除と差し入れに来るようだ。勿論賃料は親が払っている。自宅では学習に身がはいらないのだとか。余裕だね。いやいや、逆に切羽詰まっているというか。どの家にも事情があるようだな」

そこまで言って藤原が口元を緩めた。

「Ａ棟もＢ棟もマンションの部屋ごとにドラマがあるのは当たり前だが、何しろ数が多いから実態は見えにくい。いや、ほとんどわからないと言ってもいい。ところがここは」

　息を吐きながらC棟を眺めた。

「ここには縮図があるように思う。例えば六号室と七号室。隣り合って一組の夫婦が住んでいる。ところが支払いはそれぞれから振り込まれてくる。部屋の鍵を共有しているのかどうかはわからない。社員の見かけたところによると、ベランダで行き来している、と。退去の際には現状復旧する約束でベランダの境の柵を取り外すことを了解はしたんだがね。そう言えば、どっちが清算してくれるんだったか。人様のことではあるが、首を傾げたくなることってあるよね。

　ま、それは置いて、平沢、一号室を使ってくれないか。今言ったような住人たちだろ？　滅多なことはないとは思いながら懸念はあるんでね。管理人代行みたいな形で皆さんと付き合ってくれないだろうか。苦情や相談を聞いて上げて欲しい。いや、それが仕事というわけではないんだ。それ以外のことも含めて、君がここにいてくれるなら追い追い相談させてもらおうと思っている。手を貸してくれ」

「一人で住んでみてくれってか？」

「そうだ。学生時代以来、経験ないだろ？　フレッシュじゃないか」

　いまさらフレッシュもないだろうと内心笑いながら、しかし義一の気持ちは、久しくなかったことだが動いていた。六つの部屋でそれぞれに癖のある住人。個々の人への関心以上に、別種の世界に足を踏み入れることに軽い興奮を覚えてさえいた。

自分が家族を支えていると思っていた。家族の生活は自分の働きによって成り立っていると疑いもなく思っていた。自分が自我を押し殺してでも働くことで暮らしが維持できるのだ。しかし、自分はどこへ行った？　この半年ほどのあてどのなさは、どういうことなのか。功なり名を遂げたなどとはついぞ思わない。そんなご大層な人間ではない。わかりきったことだ。そんな落差の大きいことを考えたりはしない。

そう、ささやかでも満足感を得ていれば違った思いでいられたのではないか。どこから、どのあたりから、この揺れる思いがきたのだろうか。考えまい、覗き込むまいとすれば目を瞑《つむ》るしかない。

もしかしたら、と、考えを巡らしてみる。老境に差し掛かった者の多くが、事によると義一のように動きの取れない、展望のきかない地点に立っているのではないか。空虚な思い。喪失感……。そうだ、失うことへの惧《おそ》れが、仕事を離れるずっと前、五十歳半ばを過ぎる頃から胸に巣くっていたような気がする。

だが一体、何を失うというのか。

「動いてみてくれ」と藤原が言った。働け、だの役に立て、だのではなく、固まってしまった今をどうにかしたいなら、あるいは傍らで願ってくれる者がいるならば、一歩踏み出してみることもありかと、義一はようやくそこに辿り着いた。

「先の〝しばらく〟は終わったの？」と電話口の頼子が小さく笑い声を立てた。連れ合いの声に、ついぞなかった張りを感じたのだろう。

「ああ、次のに乗り換えだ。しばらくこっちにいる。〝しばらく〟の二つ目だ」

頼子の溜息が耳に届いた。安堵《あんど》のそれだということが義一にはわかった。パートがどうの、孫の将来がどうのと陽気な、時には夢のような話題を持ち出しながら、夫の体調や気持ちを測っていたに違いない妻の息遣いが、義一の胸に応えた。

「休みを取って、一度こちらに来てくれないか」

「本気なのね、独り暮らし」

「ああ、やってみる」

背後に孫たちの声が「替わって、替わって」と高い。上の男の子が受話器を受け取って「じいちゃん、何だか冒険旅行みたいだね」と小学生高学年らしい賢《さか》しらな言い方をし、下の子がすかさず「遊びに行っていい？」と続ける。子供ながらに、祖母や母の話しぶりから、どうやら危ない時期を脱したと感じたものでもあるのか、この展開の呆気なさに義一は気勢を削《そ》がれた形だったが、小さな安堵もあった。

自宅から藤原が十人乗りのバスを運転してあけぼのハイツC棟で義一を拾い、町の数ヵ所で待つ従業員を乗せて早朝清掃を契約したビルや病院に向かう。担当の何人かずつを降ろし、次に廻る。その後、会社に入り、藤原は社での通常業務。頃合いに今度は義一が運転して各所で作業済みのメンバーを乗せて降ろす。夕刻は各所とも作業は終業後になるから、幾分遅くなるが、ほぼ同じパターンで廻る。最後に藤原を乗せ、C棟で義一は降りる。大体そういう一日だ。

まずはそんなことから始めてみようと藤原は提案した。

事務機器の営業は、ペンシル一本に始まり机椅子の類からロッカーまで夥《おびただ》しい品数を扱う。運搬車も軽からトラックまで運転の必要に迫られる。義一も各種の免許を取得した。そういう点では今、大いに役に立っている。

藤原と二人で車を転がしている間に仕事の話をよく聞かされる。ビル管理には広範なメニューがある。賃借料の徴収は基本的で、トラブルの深刻な部分を占めるが、小さな苦情処理が厄介な場合が多い。ゴミ処理、騒音、雨漏り水漏れ、ペットの鳴き声や排泄《はいせつ》物の始末、何でも持ち込まれる。

清掃業は清掃業で、備品の損傷や紛失を咎《とが》められたり、酷《ひど》いときには金品の盗難事件に巻き込まれることもある。よっぽど従事する人間を選ばないと事業そのものが足を掬《すく》われる。

「それにね」

藤原が幾分言い難そうに間を置いた。

「県庁所在地と言ったたって、大都市の魅力には太刀打ちできない。若い者がどんどん流れ出す。田舎には年寄りだけが残る。年取って大きな家を維持できないわけよ。代々続いた旧家の蔵なんかも丸ごと処分を頼まれる。うちの商売と直接関わりがなくても、伝手を頼って回ってくるんだ。仲介者の手前、無下にもできず出向くわけよ。古美術商も寄って来るが大抵は蔵の中は古いだけの生活雑器だそうだ。商売にならないって。稀《まれ》に優品があって、買い叩いて懐にしても、買ってくれる相手がいない。甲斐性《かいしょう》のない世の中になったものだよ。それでもさ……」

そこで大息を吐いた。

「捌《さば》こうとする人間がいるのはまだましだ。持ち主本人がいない物を扱うのはしんどい」

「夜逃げ、とか？」

「そういう場合もあるが」

「亡くなっているとか？　つまり遺品？」

「そう、物だけが残っているってのも気後れするのだが、もっと腰が退ける場合もある。そういう品々を整理する。つまり処分だ」

敢えて言葉にし難い情景が頭を過《よぎ》った。そうした仕事が、どこからか、つまり警察なのか行政なのか、義一には判然とはしなかったが、その手の依頼もあるということなのか。改めて義一は生身の世界がすぐそこにも横たわっていることに秘《ひそ》かなおののきを感じた。

「ま、滅多にはないがね。ただ、そんな例も有り得ると頭の隅に置いてくれれば」

同業他社と、きわどい価格戦をしたことはあるが、いずれ会社と会社の争いだ。人の世の拭いようのないしがらみにまで落ちたことも流されたこともなかった。そんな自分の来し方に、義一は逆に怯《ひる》むものを感じていた。


藤原の計らいで、時知らずの仕事以外、日中には比較的自由時間が取れたから、いつまでこの地に留まるかはわからないが、必要に備えて地図を頭に入れておこうと町をよく歩いた。

「これから有望な業種は物流と産廃業と福祉かな」と藤原がよく口にするので、これまでの流れから推して物流に興味を持っているのではないかと義一は想像した。もっとも、現在のビル清掃にしても客先が増えたり従業員が増えたりすれば車を動かす範囲に広がりや偏りが出ることもある。地理を心得ておくことは有用だと思ったからだ。

あけぼのハイツに隣接するスーパーの一角に書店があり、時折覗くのだが、C棟三号室の住人と出くわすことがよくあった。互いに面識があることで言葉を交わすようになった。大辻という名だった。

義一の部屋の郵便受けには新聞と、稀に何かのチラシが入るだけだが、時折眺めると大辻氏の扉の前は入りきらない郵便やメール便が積み上がっている。

「本ですか、よく届いているのは」

それが声をかけた最初だった。書店では義一には用のない専門書のコーナーに立っているのを目にしていたから、少々の気後れはあったが、意外なほど当たりの柔らかな返事が返ってきた。

「やあ、お見苦しいことで済みません。別誂《べつあつら》えのを一つと思いつつ今に至っています。子供に準備するよう頼んでいるのですが、あれらも忙しいようで。いやあ、忘れっぽいのでしょう、親に似て」

口調は柔らかで、年下の義一にも丁寧な言葉遣いだ。

「息子さん?」

「ええ、二人いるのですが、それぞれ別所帯で。二人で見計らいながら親父の様子を見に来るのでしょうが、とんでもなく間が空いたりしましてね。男の子はどうもいけません」

男の子とは言っても、大辻氏の年配からすれば息子は五十歳前後。どちらにも連れ合いはいるだろうに、と小さな不審が残った。常時見ているわけもないから、全く嫁たちが顔を出していないとも言い切れないのだが。

年は離れているとはいうものの男同士の気安さと、共に一階の住人ということで、晴れて暖かい夕方にはベランダから声をかけて、缶ビールを飲むようなこともした。堤防の草地に腰を下ろし、川の流れを見ながらだ。

大辻氏は大学で教鞭《きょうべん》を執ったこともあるそうだが、教えるということが性に合わず、以来野にあって雑文を売って生業としているという。それで生活が成り立ったのかと、下世話なことまで聞いてしまったが、「二人の女房が食わしてくれたのですよ」と事もなげに言う。すると二人の息子というのは母親を別にするというわけか？　などと、つい前月まで俯《うつむ》いて過ごしていた人間が俗な想像を巡らしてしまう。

「どんな雑誌も週刊誌も、いわゆる〝作品〟か〝記事〟とされるもの以外に、肩の凝らない読み物も必要とされていると、わたしは思うのです。例えばフッと笑いを誘われたり、風刺が効いていたり、時には思いもかけない情報が書き込まれているといった、短い文章が。そんなページが。読者の興味をひく場が提供できれば、維持できれば、この上はないのですがね」

とぼけているのか、風流の輩《やから》なのか義一には決めかねるのだが、この大辻という老人には人を惹きつけるものがある。一緒にいると気分が楽になるタイプ、としか言いようがない。

「この年になりますとね、今までやってきたことが砂に描いた絵のように思われたりもするのですよ。風が吹けば崩れていく。波には流される。いやいや、わたし本人が砂粒のようなもので……」

言葉通りに受け取れば、悲観だったり諦めのようだったりするが、そう言いつつ快活に笑い、豪快にビールを呷《あお》る。背筋は伸びているし長めに切り揃《そろ》えている総白髪は、何か塗っているのか艶っぽい。俺よりは遥かに気骨があると、会うたびに義一は思うのだ。

「平沢さん、砂を数えたことがありますか。例えば片手に一握りした砂が何粒あるか……。途方もない数ですよ。いや、わたしが実証したわけではありませんが。世の中には砂を数えようとする人間も、実際いるのですから」

砂を数える、だって？　それが甲斐の無い行為の比喩だということは義一にもわかる。敢えて他人に問うのには、老人の心底に何かしら屈折した思いでもあるのだろうか。が、この風情からすれば、自分が砂粒であることに卑下の思いはない。むしろ愉快を感じている風だ。どこかに他人に知られたくない〝欠け〟があったとしても。

砂漠の旅の案内を目の不自由な人がしたというエピソードを映画の一場面か、誰だったかの話で聞いたような気もする。その案内人は、砂に匂いがあるからと答えたのだったか。大辻老人も、その手の能力を？　可笑しみも感じながら、目の前の人を見遣った。

自分が取るに足らない人間だと、不甲斐なく俯いてしまったことのある義一は、大辻老人が自らを〝砂の一粒〟だと言って憚らない自在な境地に、既に在ることに気付かされていた。

「ここから始める」と。いや、既に歩を進めている、と感じられた。

「砂ってね」と老人は柔らかい笑顔になって言った。「砂の誕生ってね、山の死による解放だと、わたしに教えてくれた本があるのですよ。ある研究者、地質学者だそうですが、学びました。抽象的な言い方ですが、つまるところ、〝砂から始まる〟ということでしょうか」

老人はフッと後ろのアパートを振り返り、「ここはどういう訳か、ちょっと癖のある砂が集まりましたね」と、いたずらっぽく笑った。

どちらも独身だという老いた姉妹。隣り合って別居状態の夫婦。本当に居るのかどうか定かではない引き籠った男。漂着したような義一もそこに含まれるのかどうか。

背後のA棟、B棟の生活者の群れにもおそらく暗部が潜んでいるに違いないが、それはほとんど目に触れない。一方で、尋常でない部分が滲《にじ》み出したような一角がC棟、とでも言えるのか。

「あの人たちとも話をしてみたらどうですか、平沢さん。抱えていそうですよ、色々と濃い物語を。わたしは勝手に想像を膨らませて、わたしの〝物語〟に、あの人たちを登場させたりするんですよ。

ただならない関係の老嬢たちとか、独り芝居で夫婦を演じている中年の女とか。わりない仲の義理の母子とか……。ま、しかし、一番奇っ怪なのは妄想を膨らませて紙に埋もれている老人、わたしのことですが、時々ならず出番があるのですよ。わたしの作品の大半は、数知れないわたしってことです」

そんな冗談とも作り話ともつかぬ話をして「ハッ、ハッ」と仰向《あおむ》いて笑う老人につられて笑い合うこともあったが、斜交《はすが》いなものの見方や〝悪〟気取りは、どこかに痛みのある人間が時折取るポーズの一つだと義一も心得ている。


そうして半年を越えた。年末を迎え、義一は久しぶりに郷里に帰ることにした。

「一号室は照明を点けたままにしておいてくれないか。大辻さんも正月は出かけないというから、C棟の二部屋には最低人がいる格好になる。防犯上も有難いんだ」

と、藤原が言った。そうか、C棟では別居風の夫婦も、司法試験挑戦者も、正体不明の年寄り姉妹も正月は出かけるのか。妙なことだが義一はホッとするところがあった。普通に外との関わりを持っているじゃないか、と。

ところで大辻老人は？　気にはなったが家族のことに踏み込んではなるまい。他人の心配をしていられる身分でもあるまい、と自分を叱った。

一棟まるまる留守になれば空き巣の心配があるのだという。言われるままにして帰郷し、正月を家族と過ごした。穏やかな数日だった。こういう日が実現するとは思えなかった。それほどに気持ちが和んでいた。藤原を思い、チラと大辻老人を思った。

そして一月四日。まず、頼子からことづかった土産を届けようと藤原の自宅に直行した。どうやら留守のようで、「もう会社か」と、事務所に回った。フロアに突っ立った社員の一人が「あ」とだけ声を出して言葉を詰まらせた。

「藤原に、あ、社長に何かあったのか？」

勢い込んで詰め寄る義一に、「平沢さんのマンションの大辻さんが……」と項垂《うなだ》れた。

もしかして、亡くなったということか？　急に？　その場の雰囲気は、それを物語っていた。

いつだったろう、大辻老人に最後に会ったのは。その時、何を話したろうか。義一は記憶を手繰った。

そう、十一月だ。小春日和の一日、せまい土手道を前後しながらゆっくりと歩いた。のろい歩みからの連想で、つい駑馬のことを自嘲的に話した。大辻老人はその話を受けて、すぐにこう返したのだ。

「歩けども歩けども山の中。そんなのが誰かの句にあったかな。ああ済まない、いい加減なことを言いました。〝分け入っても分け入っても青い山〟……なんですよ。ねえ、行けども行けども、果てはありません。いや、果てはあるのだが、自分ではわからない。平沢さんはわたしより遥かに若いのだから覚悟なさい、道は長いと」

嚇《おど》すように目を剝いて、それから老人は笑顔になり「良くも悪くも、あたしらは丸ごと、この人生を受け取るしかないでしょう」と言ったのだ。

「正月は出かけない」と藤原に大辻氏が告げたのはいつだったのか。帰郷する際、義一は老人に年末の挨拶ができなかった。ベルを押し、扉を叩いたが応答がなかったから留守だと思い、その折を失した。もしかしたら、その時すでに？　想像すると動悸《どうき》が激しくなった。

四日の早朝、外灯が点いたままの大辻氏の部屋のベルを藤原は何度も鳴らし、異常を感じて合鍵で室内を見、倒れている老人を発見したという。一見して数日が経過していると判断、息子たちと警察に連絡したということだ。

起きてはならないことが起こった。藤原から聞いて記憶にまだ新しい〝整理〟なるものが現実になってしまったのだ。こんなにも身近なところで。

事故物件扱いになって警察に送られた老人の遺体は、事件性なしということで息子のどちらかに引き取られ、葬儀が行われたそうだ。結局、義一は大辻氏に会えなかった。会えたとしても顔を見ることができたものか。

遺品は、不要ということで、それには納得し難く、怒りさえ感じたが、部外者が口出しできることではなかった。藤原の会社が始末を請け負った。

荷物の大半は書籍で、義一も片づけに加わった。半端ではない本の量だった。これら膨大な活字の山に身を置いて、それらからも数知れぬ砂粒を拾い上げていた？ 大辻老人は明かさなかったが、果たせぬ夢は様々にあったのだろうと義一は思いを巡らす。義一には測ることのできない何か。到達できない地点。大辻氏は、それらとどう折り合いをつけつつ生きたのだろうか。

出会うのが遅かった。話す時間は短かった。ビールを呷り、「ハッ、ハッ」と笑いながら、胸の内の空洞に目を当てていたのかもしれない。いずれにしろ義一の想像でしかない。たとえ何か明かされていたとしても義一の器量では負いかねるものだったに違いない。だが、僅かな時間でも、共有できたことは確かだった。それで良しとしよう。せざるを得ない。

積み上げられた本の中に『砂』の背表紙を見つけた。厚い本だ。『砂』とだけの大きな標題。副えに「文明と自然」と、あった。本に疎い義一には出版社の筑地書館の名に馴染みはない。学術書を専門とする社でもあろうか。その本は多分、否、確かに、大辻氏が読んでいたものだ。

藤原に断わって、形見として貰った。数えるほどしかなかった付き合い。ちゃんと繋《つな》がったかどうかも怪しい会話。

しかし、大辻老人の思いの大きな部分はここにある。こちらに渡された。義一は、そう思った。

あけぼののハイツC棟三号室は充分な原状復旧が図られたし、こうした場合の例にならって賃料も下げられたが、新たな入居者を得られなかった。

独りで暮らす人間が、いつかは病気か、場合によっては事故で、独りで彼岸に渡る。それはもう、この時代には避けようのない事象となっている。そんなことを義一も考えるようになっていた。そして少し恥じていた。自分の、能天気な、悩みとも言えない屈託を。

　あけぼののハイツC棟は遠からず空き家になる。藤原もそう予測しているようで、郷里に戻るという義一を止めなかった。止める必要もない。義一がもう、歩みの遅さに頓着することはなくなっていたからだ。


「来たのか」

　振り返ると藤原が立っていた。

「空き家になったんだ。築二十年ちょっとで壊すには早いが、仕様がないね。あの土地にはカフェが建つ。リバー・サイド・カフェ。管理は勿論、藤原ビルメンテナンスだ。また応援に来るか？」

「ああ、人手が必要なら呼んでくれ」

　二人で顔を見合った。頷き合いながら、なんとなく笑みがこぼれた。

鋏《はさみ》

月に一度、母が部屋を訪ねてくるようになった。

「来なくていいから」と何度も言ったが聞く耳を持たない。しまいには「そんなに嫌わなくてもいいじゃないか」と泣き出す始末で、結局は根負けした形だ。

あのことがあった直後から、母からの電話にはあまり出なくなったし、メールの返事をすることも極力省く。母を嫌悪しているわけではない。関係を一時的にせよ切ろうとしているわけでもない。ただ収まりの悪い気持ちをもてあます、というか。しばらく距離をおいてみたかったというか。

結果として応答なしの一方通行に焦《じ》れて、ある時、母は予告なしに部屋を訪ね、合鍵が用をなさないことに呆然としたはずだ。あからさまとしか取れない、息子からの拒否に立ち竦《すく》んだに違いない。

大学から戻ると駐車場に母の車が乗り入れてあって、見上げると二階の角にある真人《まさと》の部屋の扉に、所在無げに寄りかかった母の姿が目に入った。次に起こるであろう情景が一挙に頭を過ったが、近付くと、「燕《つばめ》、結構飛んでるね」と長閑《のどか》な声が迎えてくれた。

「川向こうには古い造りの家がまだ随分残っているから、巣、作ることができるんじゃない?」

こちらも間延びをした受け答えになった。が、緊張が鎮まったわけではなかった。もとより、現在のような状況は無視できることでもなければ放置したままでいいというものでもなかった。かと言って早々に何らかの策が講じられ得るというものでもなかった。

ひとまずは、予測される母親の不意打ちから、定まりなく揺れている自分を隔離しておきたかった。まずは壁を立て、防御しなければと思った。平静に話せるまでには時間が要る。流石に直ぐに追っかけて来ることはなかったが、悩んだであろう母が突破口を求めて、目の前に立っていた。ともかく、まあともかく、と自分に言い聞かせながら母を部屋に通した。

もともとこのマンションは母が見つけたところだ。大学にはバスで一駅、スーパーがすぐそば、病院も近い。マンション脇を流れる川を渡れば道は緩やかな丘陵地に入り、少し先には田園風景も広がって、環境は申し分がない。

マンションと銘打ってはいるが隣接する本格的な二棟の、飛び地のような格好の小振りな建物で、六部屋しかない二階建て。ただ、ワンルームながらバス・トイレが完備し、小さいキッチンもついて使い勝手も良さそうだと即決した。

ついこの前までは、母から「行くからね」と一方的にメールが入り、留守であっても構わずに息子の部屋の片付けやら洗濯やらを済ませてしまう。母の、世話のやき過ぎを不快に思うことはままあったものの、父が単身赴任で海外勤務という一人住まいの寂しさを紛らわせるならと、文句を言ったことはない。母親とはそんなものだと思っていた。高速を使っても片道二時間超の車の旅は、母の元気の素だったかもしれない。

野々村真人は、志望する学部を擁し、かつ、自分の学力との兼ね合いも考えて隣の県の国立大学を選んだ。志に適う学びができ、その結果で社会に場所を見つける。今どき少々古臭くて、多分、同年の男たちとはものの見方にズレがあると思うことはあった。そしてそのズレは父との間にもある。進路を両親と話し合った時の父の不興を今更のように思い返す。

大手建設会社に勤め、各地を転々としてきた、いわば企業人の典型のような父は、かつての華々しい働きを息子にも重ねていたに違いない。一時は日本を背負うくらいの意気込みで仕事に取り組む日々を過ごしていたという自負。それが、次代に繋げられることなく霧散し、記憶の中だけに埋没しようとしていることに歯嚙みをするような思いも抱いていたものだろう。

会社の方針で早期退職こそしたが、地方の子会社の経営を任されている。父は力説した。

「今の時点なら本社とのパイプも太い。関係先も多い。どこでも受け入れてくれる、俺の息子なら。そのためにも大学は選べ。わざわざ何故北へ行く？　都市部の有名大学にチャレンジできる力はあるはずだ。どうしてそうしない？　お前の教育に金は惜しまない。使って当然なんだ、お前は俺の子なんだから」

父の、攻め続ける無茶ともとれる強弁に何かしら違和感を持たざるを得なかった鬱陶《うっとう》しい日々が続いていた。当時のことは、今思い返せば父の、もっと別の理由から湧いて出てくる悲痛な願いでもあったのだ。ようやくそれが、子供ながらに痛ましく胸に刺さる。自分が同じ境遇にあったとしたら、両親のような選択をしたろうか、と。

父の大上段の攻めにも拘わらず、真人も自分の描く将来図を手離そうとはしなかった。強情さという点においては父と似ていたが、見ている方向がまるで違っていた。そうなれば最終的に折れるのはいつだって親の方だ。真人は我を通した。何がどうとも表現できなかったが、幾分か父の態度には不審を感じていた。ともあれ、表立たないものの母の後押しが終始変わらずにあって、真人は実家を離れ、父の思いとは別の道に歩み出していた。

その後父は、親会社の委嘱を受けて東南アジアの拠点開設を手伝うためにタイ国に赴任した。長期に亘る滞在の時期、大学は二年目に入ろうとしていて、母が独り暮らしを寂しがったから、学校が休みになるとアルバイトを遣り繰りして、実家で過ごすことが多くなった。母とは別に何を構えるわけでもなく他愛ない世間話だの大学の日常などを話していた。

ある時、キッカケが何だったのかは忘れたが、同期の学生、篠田の女友達のことを話題にしたことがあった。部活とゼミが一緒で何度も篠田の名前を口にしたことがあったから、母はいつになく興味を示した。女友達、というところに、息子にもいずれその手の話があるやも、ということだったろうか。

内容が内容だけに幾分憚《はばか》る気持ちも兆したのだが、成り行きで口にした。

「篠田と、奈津美《なつみ》さん、その女学生の名前だけど、二人は一年生の夏休み、ゼミの研修旅行で意気投合しちゃってね、交際を始めたんだ。度が過ぎるだろう、と周囲が気を揉むほどの熱愛ぶりで……」

息子にも起こり得ないことではないとの警戒からか、母は身を乗り出して先を促した。

「こんな風じゃ学生結婚もありかな、なんて噂が出るほどだった」

「ええっ、そんな。いくらなんでも早過ぎるよね。で、その二人に何か？」

「奈津美さんが今年春、郷里、四国なんだけど、帰省した。お祖父さんの葬儀で。終わったら直ぐ帰る、と篠田には言っていたらしい。久し振りなんだからゆっくりしてきたらいいよ、と篠田は格好をつけたそうだ。本音は違うにしてもだよ」

「お祖父さんというからには、七十そこそこかしら。お若いのね」

「うちとは随分な違い」と、肩を竦めながら軽口をたたいた真人の言葉に、母が眉根に一瞬皺《しわ》を寄せたのを目にした。

真人は両親の遅い子供だったから父はすでに六十歳。母は一つ下だ。小学校の時の授業参観で他の親たちに比べて年齢が高いことが恥ずかしかったこともある。祖父母に間違えられたことさえある。まあそれもある程度の年齢になってしまえば気になるほどのことはなかったのだが……。野々村家に祖父がいるとすれば、八十歳を幾つも越えていよう。

話の風向きを変えようとして、逆に少々まずい展開になったことを内心悔やんだが、さり気なく母が先へと促す仕草をした。

「奈津美さんの帰りが遅すぎる、と篠田が心配し始めたんだ。ゆっくり、とは言ったが程度があるってね。電話もメールも来ない。何か起きた。誰だってそう思うよね。篠田は実家に問い合わせた。誰も電話に出ない。何度も何度もかけた。そしたら、隣の家の者で留守を頼まれているという人が出た。そこでとんでもないことを聞かされた」

「え？　何かあった？」

いよいよ気重になって真人は大息を吐いた。

「奈津美さんが亡くなったって。室戸岬で飛び込んだんだって」

椅子の背に体を反らせて母は驚き、いっときまじまじと息子の顔を見詰めた。

「何？　何？　どういうことなの、それは」

「篠田は素っ飛んで行った。間違いじゃあなかった。お祖父さんに続いて奈津美さんの葬儀も済んでいたんだ。お母さんは衝撃で入院していて話は聞けなかった。奈津美さんの高校時代の友人に会うことができて」

「ええ、それで」

さて、どう言ったものか、当たり障りなくこの場をしのぐには。真人は口籠った。母はグッと顔を寄せて来ている。

「僕らも田舎人間だけれど、山奥の、昔は辺境とされた集落では人の関わりが多分とっても濃密なんだと思う。そうでなければ暮らしも家も維持できないような」

「何それ。勿体ぶらないで、ちゃんとお話しなさいな」

「ああ、ごめんなさい。こんな話をするのではなかった。そうだ、そうなんだよ、彼女は岬で誤って転落してしまった。打ち所が悪くて……」

「真人、それはないでしょ。奈津美さんというお嬢さんに失礼ですよ。命を投げ出さなければばならないほどの何かがあったのでしょ？」

母は、奈津美に起きた不都合な事情の何たるかに思いを巡らしているようだった。好きな男性が待ってくれているというのに選ばなければならないような死の理由。

「憔悴《しょうすい》した篠田にしばらくは誰も近寄れなかった。心を通わせた女に先立たれたというだけの理由ではないと、僕らにだって察しはついたからね」

母はテーブルの一点に目を据えて、思いを凝らしているようだった。何か心に懸かることでも思い出していたのだろうか。

「大分経ってから篠田が僕の部屋に来てね、一人で抱えるには重すぎる。聞いてくれるか、と。お祖父さんの葬儀が終わった後の直会で、部落の年配の男たちが酔って声高に喋っていたそうだ。奈津美さんと、その友達が隣の部屋で片付けをしていたから襖は閉まっていたが男たちの話は筒抜けだ。一人が呂律《ろれつ》の回らぬ口で言った。爺さんは艶福家よ。息子の嫁にまで子をなして」

「つまり……」

「ええ。篠田が聞いていたところでは、奈津美さんのお父さんは、奈津美さんが幼い頃に亡くなられたそうで、お父さんの両親とお母さん、奈津美さんの四人の暮らしだったそうです。お祖母さんも数年前に」

「つまり」と母は繰り返し、何故だかいたたまれぬ素振りで席を立ち、窓際に寄って外に目を遣っていた。

　奈津美の苦しさを推し量って？　と当然真人は思い、一方でこんなことを想像していた。意識が混濁して入院しているという母親に正気が戻ったら、その時どういうことになるのだろう。


　父親の言い成りにならない頑固な息子に手を焼いているとはいうものの、野々村家はごく普通の家庭だ。おこがましいが中の下くらいの生活はできていると真人は考えている。大学に入ってからバイトを見つけたが、生活のためなどではない。授業料は勿論、マンションの賃料や食費、すべて親がかりで賄われている。

　当たり前のことだが、父が家族を守ってくれているのだ。そしてある意味では母が父を支えて家庭が成り立っている。父親と息子の衝突などは世間にザラにあることで、いずれ時間が解決、というか融和してくれるものだろう、家族ならば。

　だが一体、家族とは。自身の有り様とは別のところで、学びのために真人も様々な書物を手に取る。篠田のことに悩ましさを感じていた頃、ゼミの友達が見せてくれた本の中で、実父を殺めた娘の裁判の抄録があった。帝銀事件や松川事件と言った硬派な裁判記録が連なる本の中で、そこに目が留まったのは奈津美さんのことがあったからだろう。

父親の子供を五人も産むことになった凄惨な人生に結着をつけようとしての犯罪だった。想像もつかない、およそ有り得ない親子の現実。そうしたことが、この一見平穏に見える町のどこかで、たった今も起こっているかもしれない。そう考えると人間の底知れなさに慄然とする。まだ覗き込んでさえいない司法という道。一体、この道を選ぶに足る器量を自分は持っているのだろうかと真人は危ぶんだ。

常軌を逸した人間と、それに抗《あらが》う知恵も力も持たない者と、ただ手を拱《こまね》くしかない周囲とが綯《な》い交ぜになって世の中は斯《か》くも混沌《こんとん》としている。実父を殺めた娘の五人の子供、その内の二人は幼くして亡くなったということだが、残る三人にとって母は姉でもあり、父は祖父でもある。彼ら三人には人の世とはどのように受けとめればいいものなのか。

父が兄でもあったと知ってしまった奈津美さんの例が、もし答えの一つだとすれば、あまりにも酷《むご》く、切な過ぎる。

だが、その三人は、生きただろう。抄録には記載が何もない。が、入り組んだ関係に翻弄される境遇と埋めようのない懊悩《おうのう》を共有することで、乗り切って生を全うしただろう。せめてそうであって欲しい。

真人は思った。もし司法に携わるようなことになった時、自分のような関心の持ち方は正道ではないのかもしれない。罪の有無以前に、それに纏《まつ》わる周辺に気持ちが動き過ぎることは如何なものかと。こと「罪」に関して言えば周辺事情に拘《こだわ》り過ぎる惧れが自分には大いにありそうだ。

篠田はどう受け止め、何を考えたものか。近々会ってみようと考えた。


奈津美さんの話をした後、しばらく会っていなかった母から呼び出しがあった。何かあれば自分の方から車を飛ばして来るのが通常だったから訝しかったが、声の調子からは特段切羽詰まった様子も感じられなかった。赴任中の父に出来事が、ということでもなさそうで気楽に出向いた。新幹線を使えば一時間とちょっと。今度の夏には篠田やゼミの仲間を誘って、反対方向、更に北に足を延ばして出羽三山でも歩いてみるというのもいいな、などと能天気なことを考えながら電車に揺られていた。

電話の印象とは異なり、母は心に期したことがあるように口元を引き締めていた。真人の好みの紅茶に、これも好みの甘みを抑えたチーズケーキを添えて、リビングのテーブルに向き合った。

「篠田さんに会ってる？」

「このところバイトに忙しくて。夜は夜で調べものもあるし」

「そう……。あ、冷めない内に飲みましょ」

それからしばらく母は口を噤《つぐ》んでいた。

「親父がどうかした？」

「ううん、元気。元気だけど臍《へそ》を曲げてる」

「何で」

それに答えず母は真人を真っ直ぐに見た。

「奈津美さんの話を聞いた時、わたし考えたの。話すべきだって」

「奈津美さんって、お母さんは会ったこともないでしょ。何を話すっていうの？」

「奈津美さんのお父さん……」

「気分のいい話じゃなかったね。ごめん、つまらないことを聞かせちゃって」

「違うの。違うのよ、聞いて。お父さんのことで奈津美さんはショックを受けたのよね。しかも本人が知らないことを他人が知っていて。口にした人に悪気はなかったにしろ、ある意味笑い者にされた。恥ずかしい秘め事が露わになった。我慢ならないことよね。屈辱的なことよね」

母が今、触れようとしていることは……。真人の胸に翳《かげ》りが差した。想像の針が、何か良くないことの方に振れる。

「待ってください、お母さん。待って。今、しようとしている話はうちのこと？　野々村家のことなの？　親父も承知しているんですか？　親父を傷つける類の話じゃないのでしょうね。どうしても聞かせたい話なら、親父が帰国した時に、三人揃った場で」

「お父さんも承知の上です。あなたに話しておきたいと、電話しました。先延ばししても良いことはない。お父さんとわたし、二人の結論です。お父さんが臍を曲げていると言ったのは、不条理な状況に対してですよ、昔からの」

母の口から、およそ母らしからぬ「不条理」などという言葉が発せられるのが訝しく、不快でもあった。苛立ちが声に出た。

「この状況だって不条理でしょ。向こうに女の人がいて、問題が起きているとか？」

「違うのよ。女の人がいたって、何人いたって、そりゃあ気分は良くないけれど、お父さんが安らげるのなら見て見ぬ振りをするぐらいのことはできる。そんなんじゃなくて、お父さんとわたしが抱えている、この重たいものは……」

「それって、もしかして僕に関すること？」

母は無言で頷いて、カップに残った紅茶を啜《すす》り上げた。

「あなたがわたしたちのところに来てくれるまで長いことかかりました。欲しくて堪《たま》らないのになかなか子供が授からない。病院に通いました、何年も。そして不条理な現実に出会ったんです」

母の頬に涙が伝った。胸の前で両手を固く握りしめて、口にしかねる言葉を絞り出そうとしているのが見て取れた。

「子供を作ることができなかったの、お父さんは」

「ああ」、と真人は嘆息した。物語の始まりに今辿り着いたと思った。

「私は三十代の後半に差し掛かっていました。子供を授かることのできる年齢的な制約が迫っていたの。二人で一生懸命考えて、お医者様にも相談して、決めました」

落ち着かぬ気にテーブルの端をなぞっていた両の手を、また胸の前に組んで母は強く握り締めた。

二人の出した結論と、その後に為された行為、というか医療的処置は、知識としては真人にもある。自分の身にそれが……？

「どなたともわからない、けれども若くて健康な医大生の方の力を頂戴したの。そしてあなたがわたしたちのところに。結婚している夫婦の妻が産んだ子供は嫡出子。戸籍には余分な書き込みもされない。高齢出産を驚く人はいても、疑問を抱く人はいない。でも……」

言葉を失いながらも、真人は母の言葉を聞き漏らすまいとしていた。「でも」とは何？

「あなたに事実を告げるかどうか、ずっと悩んでいた。知らせる必要はない。話さない方がいい。話すことで家族がギクシャクするのではないか、などとね。何よりもわたしが考えたのは、お父さんの気持ちよ。わたしが産んだには違いないけれど、本音のところではお父さんは傷ついている。わかるもの、お父さんの辛さが。赤ん坊の時から育てることで愛情も絆《きずな》も濃く強い。幸せを貰ったと心底思っている。それは確かなのだけれど、お父さんの孤独は、それでも深い」

じゃあなんで言うんだよ。亭主のプライドを守れよ。息子が誰ともわからない人間の子供だと知らせる必要があるのか、一体。真人の胸の中には怒りが渦巻いていた。

「あなたは、わたしの子供なのよ」

母は突然立ち上がって叫ぶように言った。

「わたしの子、わたしたちの子供。大切な、これ以上ない宝物。だからこうして話さなければならなかった。わたしたち以外から、関係のない第三者から、何かのことで、このことをあなたが知ったら……」

唾を飲み込み、大きく息を吐いて母は話を続けようとした。口が渇くのか、カップを取り上げたが飲み物は残っていない。途方に暮れた面持ちに真人は思わず立ち上がり冷蔵庫から冷えたお茶を出して母の前に置いた。言い難いことを、最も口にしたくないことを母は懸命に伝えようとしていた。

「わたしたちに力を貸してくれた若者は、わたしたちを含めて十組の夫婦の力になったそうよ。人数は厳しく制限されている、とお医者様はおっしゃってでした。全員が親になれたかどうかはわからない。でも、あなたには遺伝上の兄弟が九人いる可能性がある」

母が早めに事実を告げなければと急いた気持ちがわかった。もし残りの九組の夫婦に女の子が生まれていて、多分年齢的に近いはずだから、万が一にも有り得ないと思っても、息子と出会わないという「絶対」は、ない。どういう偶然が兄妹、あるいは姉弟を引き合わせないとも限らない。気質的に、容貌的に似ていることが互いを引き寄せるということがないとは言えない。

似て非なりではあるけれど、奈津美さんを襲った悲運を聞いたことが母を脅《おび》えさせ、父に訴えたのだと想像がついた。

「でも、お母さん」

世間知があるという年齢では到底ないが、焦る母を諌《いさ》めなければと、真人は気を引き締めた。

「こういうことは親父もいる席で、どんなに苦痛でも親父から話されるべきだよ。息子大事と思うなら、親父が、この家を守っている親父が、告知すべきだ。お母さんは出過ぎたことをしたと思う」

そう言って家を後にしていた。泣き声が閉めた扉の奥から洩《も》れていた。

父が一旦帰国できるという時まで数ヵ月待たなければならなかった。その時まで一人でじっと待つことに耐えられなくて、息子にもどうでも会いたくて、母は突然訪ねて来るという強硬な手段に出た。

気持ちの中に強引に踏み込まれても対応する術がない。建設的な考えは何も頭に浮かばない。

事実として受け入れるかどうかは父が戻ってからと、形式的には申し渡したが、このやり方に効力があるとは真人も思っているわけではない。保留、というのでもなく、猶予などでもなく、ただ待つしかない平板な時間。

結局は受容するしかないのか、の思いを胸の隅に住まわせながら、今回の一切を無いことにしてしまいたい、と駄々をこねる餓鬼のような自分もいた。

「せめて顔は見せて。会いに来るから。顔だけ見たら帰るから」

母に甘えてきた今までが今までだけに、こんな片意地な態度はどうかと思いながらも、区切りを付けておきたかった。掃除も洗濯も不要だ。新しい合鍵はしばらくは渡せない。約束のできる日にだけ時間を空けておく。

母は逆らわなかった。息子が、胸中に渦巻いている嵐を必死に宥《なだ》めていることがわからないわけがなかった。息子の好物で弁当を作り、日持ちのする惣菜を多めに持参し、言葉の少ない会話を交わし、一人の家に帰っていく繰り返し。見通しの利かない閉塞感を、せめて穏やかに遣り過ごす。それしかできない。どうしようもないのだ、少なくとも今は。


「どうしてる?」と、篠田が訪ねてきた。今回のことの前は、自分から出かけるつもりが、このところ物事に積極的になれないでいたから芸もなく、「お前こそ、この頃はどうなんだ」と鸚鵡《おうむ》返しに聞く。

ベランダに出て、目の下の川の流れを二人して眺めた。一階の住人が部屋の前のテラスを突っ切って川に向かう。土手道を散歩するのが日課のようだ。白髪の、しかし背をスッキリと伸ばした後ろ姿には、小気味よさがある。

「あんな風になれたらな」、の嘆息しながらの篠田の言葉に、フッと小さな笑いが出た。

「かなり先だぞ」

「そうだな、ま、夢ぐらいは見てもいいだろ」

「夢か。奈津美さんは夢に出て来るか」

「そうでもないが、考えてしまうことは多いな。まだしばらくかかるさ。忘れようという気もないしな」

「忘れられないか」

「いや、いつかは薄くおぼろになるさ。ただな、記憶から消えることはないだろうな。あんな始末の付け方をする人間もいるということは、俺らの意識の中には持ち続けなきゃならんだろ」

「厄介な仕事だな」

「ああ、手強い仕事だ」

「達観したか」

「とんでもない。怯んでいるよ。えらい洗礼を受けた。その分、神経が図太くならなきゃならんのだが。まあ、まだ無理だ。まだ無理」

急ぐことはないな、俺も。真人は篠田の言葉の中からも自分の方向を拾い出そうとしていた。

「ところで、地図ある？　世界地図」

篠田が振り向いて部屋に積み上がった本に目を遣った。

「奈津美は家庭教師をいくつも掛け持ちしていたんだ。金を貯めるって。貯めた金で旅をすると言うんだ。あいつ、山の中で育ったろう？　山から降りたら目の前がすぐ海。太平洋だ。そんな関係かな、平原のようなところが気になっていたようだ」

ようやく探し出して篠田に地図を渡すと、勢い込んでページを繰った。

「おお、ここだよ、ここ。あいつが最近気にしていたところ」

指差した個所はアラル海だった。中央アジア。えらく遠い所だ。カザフスタンとウズベキスタンの国境を跨いでいる湖だ。カスピ海が、その西に位置している。

「この辺りへのツアーがあるそうで、それというのも、この海が消滅しかけている。その現場を見てみたいというんだ」

「変わってるな」

「面白いんだよ、彼女のそんなところが。シベリア鉄道に乗ってみたいとか、口走るんだ。確か一週間は乗り続けなきゃならんだろ？　あいつ変わり者なんだよ」

真人は一瞬、篠田に変調が起きたのではないかと疑った。その辺に奈津美さんがいるかのような言い草。

「話は続きがあるんだ。ネットでアラル海を検索している時に、もうあまり時を措かずに砂漠化しようかという土地に、美術館があるのを見つけたんだ。名前は俺には覚えられなかったが、非常に特殊な収集品が山とあるということだ。絵画がね」

飛び過ぎる話にはついていきかねたが、ここから篠田の語りたいことがあるのだと、真人にも察しはついた。

「ロシア・アヴァンギャルドって知ってるか？」

「知らない。何だ、それ」

「スターリンの弾圧で抹殺された芸術運動だそうだ。その抹殺されかけた芸術品が一人の篤志家によって、大陸の西の端の何とかいう美術館に秘かに集められた。みんな彼女からの聞きかじりだ」

日が暮れかけていた。下の老人が戻って来た。夕日が顔にまともに当たって、眩《まぶ》しそうにかざした手がオレンジ色に染まっていた。かくしゃくとして生きてきた人なのだろうなと想像する。独り暮らしらしいが泰然としている。真人の目にもそう映る。父にも、何があろうとあのように生きてもらいたい。脈絡もなく真人にそんな感慨があった。

「迫害の対象になった画家の作品がネットに紹介されていた。彼女がすごく関心を持ったのは、グルジン。この名前は流石に覚えているな、俺も。奈津美が妙に肩入れしたから。何故って、完成された一枚の絵と思われていたものが、実は切断されていた。労働者の群像をバックにした資本家夫婦の絵だ。その絵の全体を写した写真というのが後に発見されて、切り離された部分には獄に送られる反逆者や罪人が描かれていたということがわかった。鋏《はさみ》でキャンバスが切られていた。余計なもの、知らせたくないもの、見たくないもの、それらが抹殺されそうになった絵からさえも、除かれていたんだ」

篠田は音を立てて地図帳を閉じた。

「奈津美は、もしかしたら彼女は、何か感じていたのだろうか。なあ、野々村、見なければ、露わになることがなければ彼女は、あるいは……」

川面に残光が映えていたが、やがて暗闇に没した。老人の部屋の明かりも、まだ灯されていない。真人も動かなかった。

知らないでいいことは、知らないまま済ませる？　それでいいのだろうか。知ってしまっても、わからない振りをする？　そんなことができるのか。

鋏で切り離すか？　真実を。両親に力を貸した若者、今の自分と似た年齢の医大生。彼は決して「父」ではない。が、彼なしに自分が「人」として充分なのかどうか。彼を追ってはならない。そう戒める気持ちの後ろに潜んでいるもの、それから目を背け続けることが果たしてできるのかどうか。真人は怪しんだ。

実際に見たわけでもないし、ネットを検索することもしなかったが、グルジンという画家の絵も切り離された部分があったということは、現在残されているものは完成品ではなくなった。たとえ権力からの追及を逃れるために画家自身が鋏を入れたとしても、「絵」の意図は損なわれてしまったのではないか。

生きて行こうとする人間と、「絵」を等価にすることは毛頭できないことだが、篠田も奈津美さんも、そして誰よりも真人自身が、惑いの中に置き去りにされている。

花　野

他に客のいない店に、曲名は知らないが聞き覚えのある、もの憂げな女性のジャズボーカルが流れていた。ボリュームが抑えられているせいばかりでなく、もともと得手ではない英語では意味が取れない。だが、その声には引き寄せられる。

体を丸ごと預けてもいいと思わせるような、人を胸に抱き込んでくれる声というものがあるものだなと、奥寺つかさは、いくらか陶然としながら耳を傾けていた。朧《おぼろ》げな記憶でしかないが、多分往年の黒人歌手なのだろうと幾人かの顔を思い浮かべたりもした。その声を送り出すのが、大きな胸腔からだけではないことも、なんとはなしに想像できるのだ。

店に誘ってくれた藤原社長が選んで注文したカクテルは、アルコール度はそこそこ強いのだろうが優しい味わいで店のオリジナルなのだという。名前はナターシャだそうで、何か曰《いわ》くでもあるのだろうか。

藤原社長はショットグラスのスコッチをクッと空けて、つかさの顔を覗き込んだ。すかさず「またそういう飲み方をして」とママがたしなめた。社長がこの店の常連なのだと窺える間合いだった。ママの声も深い。というか太い。自分に言われたわけでもないのにズンと胸に来た。藤原はかまわず問いかけた。

「二時からの仕事、見てみますか？」

「二時からとは妙に中途半端ですね」

突然の質問に一瞬気を飲まれて返す言葉が素っ気ない一本調子になった。

「いや、それがなかなかシビアな時間なんですよ。午前二時ですから」

「はあ？」

つい頓狂な声を上げてしまった呆れ顔が余程可笑《おか》しかったのか、カウンターの奥でママが小さく吹いて口を押さえながら制した。

「藤さん、話を急ぎ過ぎですよ。今夜のところはゆっくり……」

藤原は、ここではフジサンと呼ばれている。


こうして隣り合って飲むことになったそもそもの発端は、つかさが掛けた一言だった。来年には定年で会社を退職する。ついては新しいことをしてみたい。暮らしを変えたいのだと、出入り業者で、ビルメンテナンス会社を経営している藤原に冗談めかして話したことがあったのだ。

ビルや一般の建物の管理だけでなく、メンテに絡む幅広い仕事を手掛けている、と、やはり出入りの業者から耳にしていた。そういう業種なら自分の体を嵌め込む隙間の一つや二つはあるのではないか。仮に自社になくても手蔓《てづる》を手繰って見つけてくれるかもしれない。随分と勝手な申し出だったが、つかさは半ば本気で声をかけてみたのだった。

少し翻って考えてみればムシのいい話だった。場所柄のわきまえも会話の機微にも、つかさは年齢にしては疎かったかもしれない。だが、それだけ切実でもあったのだ。それがひと月ほど前のことだ。

つかさが勤務している会社は、地元企業ではあるが全国に出先を有している運送会社で、相当台数のトラックは勿論のこと、中小の運搬に使用する小回りの利く車両も保有していた。その上、別組織で工事用車両等のレンタル会社も経営していたし、更には引っ越しも請け負おうかと目論んで業容を広げることに意欲的だった。積極経営を打ち出し、要するに上昇機運にあったのだ。

だから女子社員が定年まで勤めることにも寛容というか縛りの緩さがあるのかもしれない。ただ、つかさの場合には別事情もあるのだが、それは現在の社員の大方は知らないことだった。

藤原は仕事の必要に応じて荷物の運搬を依頼してきたり、時には車だけを借り出すということもあり、小口ながらまずは安定的な顧客の一人だった。

五十歳で会社を興したということだが、前職が建設会社勤務で、そこでは年齢相応の役職にも就いていただろうから、その当時から仮に僅かでもつかさの会社と取引があったとしても一女性社員が、他社の幹部に面識ができるような場面などに行き合うことはなかっただろう。配車の依頼を含め些末《さまつ》な交渉事は部下に任されていたろうから。

藤原より自分の方が三つ四つ年上ということは何かの折に知ったが、先輩面をして話しかけたり、ましてや頼み事を持ち掛けたりは本来できるものではなかった。にも拘らずつかさが軽口をきけたのは、業務上の付き合いが他に比べて頻繁だったというばかりではなかった。藤原には人をそらさない愛嬌《あいきょう》のようなものがあり、しかもそれが軽薄な感じとは遠い、頼りになる人間という印象を他人に与えるタイプだった。人柄というのか、雰囲気というか、それが備わっていると感じたからだ。だから唐突にあんな話もしてしまった。

怪訝な顔をされて、その場はしどろもどろになりながら何とか取り繕った。そんなことがあったことを本人が忘れるわけもなかったけれど、重ねて口にすることも躊躇《ためら》われてそのままになって日が経った。

藤原に、ある意味縋《すが》ったに違いなかったが、何の沙汰もないままだったから、つかさの気持ちが諦めに傾きつつあった頃だ。定例にしている出入り業者との懇親会があった。たまたま世話役の手伝いで、つかさも繁華街にある会社が行きつけの割烹《かっぽう》に詰めていた。

お開きになった帰りがけ、藤原は如才なく世話係に宴席の接待や酔客の世話などに労《ねぎら》いの言葉をかけてくれ、続けてつかさに「如何です、一軒付き合ってくれませんか」と、周囲を憚るでもなく誘った。「いいですね」、「もてる男は違う」など、軽い冷やかしやら囃《はや》す声を背に夜の街に出た。

伴われたのは、この飲食街が決して初めてではないつかさにも見覚えのない、入り組んだ小路をいくつか折れた一角だった。

「花野」、と控えめな看板の文字が読めた。地味な店、と予想外の気持ちが差したことは否定できない。訝しいし、多少不本意でもあった。花の野というからには、もう少し華やぎがあってもいいのでは？　何故こんなところに？　はっきり言えば不満でもあったのだが、当然、口に出せることではなかった。

つかさは年齢の割には、こうした店の出入りは多くはない。夜の街に足を踏み入れるようになったのは、せいぜい四年になるかどうかというところだ。奥手と言えば奥手。だから回数は知れたものだ。

八つ下の弟高史《たかし》が遅い結婚をして、つかさにとって義理の妹となった結子《ゆうこ》が同居を始めた頃からだ。弟の面倒を見てくれる人間が近くに来てくれたことで、夜、家を空けることがようやくできるようになっていた。

父と母、そして弟と、三人がそれぞれに痛んでいる期間が長く、つかさの数十年は家族の世話に費やされたが、とりわけ高史には手古摺《てこず》った。弟は長い引き籠りだった。

大人になって、多少の改善はあったものの、高史は人の中に入っていくことを嫌がった。というより、関わりを持とうとしない。人の中に無理に連れ出すと、後退《あとずさ》りする。

ただ一つだけ、昔から好きだった釣りには出かける。一人でだ。人の群れを避けるから、バスや電車は利用しない。多分、できない。少々の距離でも自転車で出かける。

その内、釣り上げた魚を捌《さば》くことをいつしか覚え、好きなことにはとことん拘る性格が功を奏したか、腕前が上がって、調理人の道が開いた。町の鮮魚店からも声がかかったが、客とのやりとりを嫌い、結局デパートの魚売り場に職を得た。ショーケースの内側で会話無しで一日過ごせる。デパートという大手なりの魚の品揃えが嬉しくもあって身の納まり場所を見つけたというところだ。

結子はデパートの客だったが、これも魚好きで、キッカケが何だったのかは要領を得ないが、気が合ったのだという。互いを良しとするなら、それが一番だ。届けを出して夫婦になった。結子の家族にも異存がなかった。

つかさの心を占めていた気掛かりの一つは一応収拾したかに見え、それなりに物事は進んでいるようでありながら、つかさの足元は覚束なかった。

旅行にしろ買い物にしろ、つかさは遊びの経験をあまりにも持たぬままだったから誘う仲間がいない。差し迫った目前の用にかまけて沢山のことを堪えつづけたままできた長年の内に、もともと淡い付き合いしかできていなかった友人や同僚と疎遠になっていたのだ。そういうことで、急に遊びができるわけでもなく、結局久しく慣れた暮らしに埋もれているというのが実情だった。

時だけが過ぎて、ただただ窮屈な人間になっているのではないか。折節、つかさは身悶えするほどの焦りに襲われることがあった。

小路に面した扉を開けると二畳ほどの踏み込みがある。一般住宅で言うなら玄関先のポーチをなぞったものなのか。その先にもう一つ、今度は上部にステンドグラスが嵌め込まれた扉があった。アール・デコというのか、多分その類の、蝶《ちょう》を数頭あしらった模様を通して明かりが漏れていた。浮かれた軽い気持ちでは入ることが阻まれるような気配が漂っていた。

そのスペースに立つ客の姿がどこからか見えるのか、あるいは外扉のノブを回す音で察したのか、扉は中から開いて和服の女性が笑いかけた。その佇《たたず》まいから、一瞬、違う世界に来たかと思った。

笑顔の女性は、つかさに似た年頃と見えた。グレーと緑が程良い分量で入った縦縞の着物をゆったりと纏い、薄茶色の細めの帯には黒に近い褐色の帯締めが斜めに渡されていた。通常にはあまり目にしない装い方に、これが粋というものかと、まじまじと見てしまった。

違う世界……。戸惑うつかさを「さあこちらへ」とばかりに椅子へと導き、和服の女性はカウンターの中に入った。L字のカウンターは磨き込まれて、背もたれのある椅子は座り心地が良かった。広すぎず、窮屈でもなく、寛いで会話のできる空間だった。

暗過ぎない照明は配置に工夫があるのだろうが、壁に掛けられた絵や活けられた花、カウンターに向き合った棚にズラリと並んだボトル類を輝かせていた。

つかさの乏しい知識では名前も出てこないが、色使いに特色のある、確か著名な画家の手になる抽象画。きっぱりと白いカラーだけをたっぷりと投げ込んだ大振りのガラスの壺。酒類はラベルを見ても、それが何なのかほとんどわからない。

「ママ、こちらが奥寺つかささん。そして、ママの礼さん」と藤原が双方を紹介した。ママが心得たように頷いたのは、今回の出会いについてはすでに話は通してあったのだろう。

「礼儀の礼ですか？　礼子さんとおっしゃる？」

「いいえ、礼、一字」

と、悪戯っぽく片目を瞑ってみせた。

「素敵なお着物ですね。いつも和服ですか。着慣れていらっしゃいますね」

礼は藤原にチラと視線を送りながら、悪びれた風もなく「ありがとうございます」と、口元を綻ばせた。

「和服が好きで、というか和服しか着る気になれなくて……。でも、似たようなのばっかり。縦縞、横縞、それに格子だの無地だの。柄物は滅多に。軽くて着やすくて、着心地がいいものを選ぶんです。昔から地味なのが好みでしたから着回しでたてているの。帯や小物で雰囲気が変わりますから」

つかさは和服を持ってはいない。僅かに母の遺したものが家にあるにはあるが、何十年もタンスに仕舞ったままだ。できれば触りたくないが、流石に捨てる気にもなれなくて、年一回は防虫剤を入れ替える。関心がないわけではないが、自分で求めようと思ったことはない。装いに回す資金の有無だけでなく、気持ちに余裕がなかったからだ。

会社勤めをしているから、最低限の洋服は買うが、流行に捉われない、それこそ着回しの利く地味めなものを選んできた。だが、礼ママとはレベルが違う。似て非だ。

「今日はバーテンさんがお休みなので、わたしが」

と、ママはどこからか紐《ひも》を取り出し、慣れた仕草で背に回して手際よく袖をたくし上げた。襷《たすき》の出番が時折はあるのだろうと思わせる動作だった。紫色の紐が小気味良かった。その姿でシェーカーを振った。

「見ものでしょ？」

同意を求めるように藤原が顎をしゃくった。肘の辺りまでたくし上げられた袖口から覗く腕は色白ながら筋肉が張って、たくましさと素早い動きには思わず見とれた。誰か他の人が瞬時に入れ替わったかと錯覚するくらいの働きだった。

確かに礼は、身長のある藤原に近い背丈で肩も張っているが、ふっくらとした手と物腰の柔らかさ、それに薄化粧した顔は「ママ」に違いなく、別の人と見紛うはずはない。

とは思うものの、つかさに射した小さな違和感はおさまり悪いものを頭の隅に残し、影を引き摺っていた。どぎまぎしながら話題を探した。先ほどカウンターに向かう際、チラッと目を掠《かす》めたママの後ろ姿。

「帯の結び方が変わっていますね。あんまり目にすることがなくて」

グラスにカクテルを注いだ後、礼はわざわざ客に背を向けて「これ？」と体をひねった。

「いつもは貝の口にすることが多いのだけれど、今日のは浪人結び」

「貝の口？　浪人？」

「そう、文字通り貝の口は貝に似ているからの名ね。浪人結びは、尾羽打ち枯らした浪人さんがよく結んだからの呼び名なのかしら。でもちょっと小粋な結び方。普通帯締めはしないのだけれど、これはわたしの思い付き。帯締めに角度をつけると、ちょっと刀を差しているように見えません？　ん、無理かな、こじつけが過ぎますか」

言われてみれば、右上から左に下がる帯締めに右手を当てがえば、刀の束を握る姿に似るし、左右逆の傾斜にすれば、まるで切腹だ。
ハ、ハ、と声をたてて藤原が笑った。
「今日、ママ、尖《とが》ってませんか」

「藤さんこそ午前二時の話なんか持ち出して、つかささんを脅かしたりして」

二人だけの話に置いていかれながら、そう不快ではなかった。この場には、つかさへの好意が籠っていた。

「ご相伴させて頂くわ」とウイスキーの水割りを口に運びながら礼が聞いた。

「つかさ、という名前は女の人には珍しいのではなくて？」

「父がつけた名前です。初めての子供は男の子だと決めつけていて、私が女で生まれた時、考えてあった名前を変えるなんてしたくなかったんだそうです。ただ漢字の司では男と間違えられて、この子が困ることもありはしないかと、平仮名に。かなにしても大して変わりはしませんよね。

生まれる子供が、男なのか女なのか、どちらで生まれるのか、昔は早くから知らされることがなかったのでしょうね。父も、生まれてから名前をつければ良かったのに」

頷きながら聞いている礼の顔に、何故だか憂いのようなものが過るのがわかった。

「司という文字は」

藤原が口を挟んだ。

「司の意味は高いところから命令を下すもの、ということだって。つかささんの父上は、あなたに位階の高い立派な人になって欲しかったわけだな。いや、あなたというか、生まれてきて欲しかった男の子に」

「迷惑ですよね、そんなことって」

「いいえ、女の子ではあったけれど、あなたはご両親の後々の不運に際して、立派に対処してこられた。司、そのものの勤めを果たしてこられた」

「え？」

藤原は大きく頷いてから言った。

「聞いているのですよ。つかささんのことは、あなたの会社の先代社長から」

「え？　え？　何を、どう？」

「そう、父上が遭ってしまわれた酷い事故と、ご両親の最初の子供であった、あなたの十七歳からの、その後の奮闘を」

藤原社長から目を離せなかった。つかさは頭の中の塊が微かに揺らぐのを感じた。あまりにも長い時間放置というか、触ることを避けてきた塊が、ゆっくり回転し始める。

「夜を駆けてきた仕事帰りのトラックが渋滞の車列に突っ込んだ。降りるインターはすぐそこ。気の緩みか運転手に眠気がさした。ほんの束の間のことだ。大事故になった。つかささんの父上の車は前後の車に挟まれて大破。父上は重傷を負った」

藤原の声が遠くなり、気づかぬ内に、涙が頬を伝っていた。

つかさが高校二年生だった秋、受験に向けて、考えていたことは、何がしたいかということ以前に、外に出たい、ここを出るという一事だった。家から離れたい、と。逃げると言ってもいい。卑怯《ひきょう》なのかもしれないが、それでも、と。

両親を捨てられるのか。幼い弟を放り出していいのか。何一つ罪科のない高史を封じ込めている厄介で見通しの立たない病を呪った。それが高じて、理不尽を承知で病を持つ高史を憎たらしく思ってしまうことさえあった。意地の悪い目で見てしまうことも度々だった。

父が傷ついていることは、わかっていた。待望の男の子が生まれた時、それはつかさの誕生から八年を経ていて、高史と名づけられたが、成長するにつれ、言葉の重い子になっていくことに両親は気づいた。

成長するに従って増えていくはずの言葉。それがない。行動の端々に賢さを垣間見るものの、だから本来は賢い子供なのだと思い込もうとするのだが、他人を容れない、他人と関わりを持とうとしない。家に居るだけならまずは機嫌よく一人遊びをしているが、外に連れ出すことが難しかった。

一つの遊びに集中するといつまでも耽《ふけ》る。いつまでも同じことが続く。止めさせようとすると暴れて大騒ぎになる。日々その繰り返しだ。

子供はいろんな育ち上がり方をするものだ。性急に決めつけてはいけない。ゆっくり見守っていこう。いつかは普通に人と交わることができるに違いない。心配しつつも、拓《ひら》ける将来を描こう、信じようとするものだ。それが正しい親の有りようだ。両親だって、そんなことは当たり前とわかっている。わかっていてなお、感情は悪さをする。

つかさが「司」でなかった誕生の時から、父の落胆は始まっていたのだと思う。八年後の諸手《もろて》を挙げての歓喜。懲りない父は「奥寺高史、どうだ、いい名前だろう。今に大きな仕事をする人間になる」と、親馬鹿ぶりを振り撒《ま》いて恥じなかった。その父が次第に不機嫌でわがままな男に成り下がる。

時に、居丈高に母の神経を逆撫《さかな》でするような暴言を吐く。悪し様に詰《なじ》る。「奥寺家の惨状は、こんな子を産んだお前のせいだ」。本音のところでは「こんな子」、ではなくて「こんな子ら」なのだ。父には現実を引き受ける覚悟というものがない。すでにつかさは十七歳。潔癖な年頃だ。父への侮りの気持ちが膨らむのは抑え難かった。

夫の言葉の刃に傷だらけになりながら母は高史を守ろうとし、積もる怒りや嘆きの捌け口は、結局のところ、つかさになっている。これにもまた情けなさと腹立たしさが募る。「外へ」と気持ちがはやった。そのために我武者羅に勉強した。それしかこの窮地を脱する方法を思いつかなかった。

父が事故に遭ったのは、その矢先のことだ。あの混乱の日々の恐ろしさは、今思い出しても怖気をふるう。背筋に冷たいものが走る。

車から助け出された父は、両足を潰していた。病院のベッドで正気が戻り、膝から下を失ったことを知った父は狂った。そう思えるほどに乱れ、母とつかさは脅えた。

そういう混乱の中で、何よりも、つかさを捉えていたのは罪悪感だった。心中深く潜んでいた父や家族への悪感情への、これは報いなのではないか。打ちひしがれ、自分を責めた。離れる、逃げる、など毛頭思うまい。十七歳の決意だった。

長い療養生活の末、父は車椅子に頼る身になった。母は心労のせいだろう、神経症になり、時折我を忘れるような人になっている。

つかさの思い描いていた夢は砕けたが、それでいいと思った。大仰だが、父がしなかった「引き受ける覚悟」を曲がりなりにもしたつもりになった。生活の相当な部分を、つかさが背に負わなくては家族が生き難い状況だった。つかさは夢だの希望だの、心の内に纏わりついていたものをすっぱりと拭い落した。家族を守らなければならない。

奇妙なことに、そういう切羽詰まった中で、家の中がどうなっているかには気づかないかのように一人遊びに興じている高史の存在、変わらないでいてくれる高史が、救いになっていた。危機は感じているだろう。荒い言葉しかかけられなくなっていても父を案じているだろう。だが高史には為す術がないのだ。久しいことだが、つかさは優しい目で弟を見つめることができるようになっていた。

そして、実質的な助けは外から訪れた。父を文字通り潰したトラック会社が実情を知って、「勤めませんか」と、つかさに仕事を提供してくれたのだ。ありがたかった。

当初は心細い稼ぎだったが、外に仕事を持つ者がいることは家族にとって、薄っすらと光が差し込むことでもあった。障りを抱えた三人が補い合いながら、つかさの帰りを待つ。

　そうして、会社、学校、病院、介護施設と忙しく動き回った、つかさの年月だった。

「四十年。あ、もうちょっとになりますか、つかささんは独りで走り抜けてきた。母上を送り、つい先年には父上を送られた。弟さんも伴侶を得て、失礼ながら曲がりなりにも新しい一歩を踏み出された。あなたは家族への務めをほぼ終えられた。来年には勤めからも離れる。あなたの気持ちの中に、空漠とした思いが広がっているのでしょ？　この前、つかささんは僕に、新しいことをしたいし、暮らしを変えたい、と訴えられましたね。話しかけてくれたあなたは困り果て、途方に暮れた子供のようでしたよ。誰もいない、何にも無いって」

「はい？　そんな風でしたか？」

「ええ。あなたほど、いろんな意味でキャリアを積んだ人が、と、僕も戸惑いました。男の多い職場だったのに、誰にも会うことがなかったんですね。遊び半分であなたと付き合うことは男たちにもできなかったのでしょう。あなたは重すぎる荷物を背負っていましたから。肩代わりなど、そうそうできるものではありません。知らない顔をしていても、人は察しているものです」

　そう言いながら、藤原は礼ママと頷き合った。

ママが話を引き取って「わたし、ウエルカム・ミュージックを間違えました」と大きく息を吐いた。

「つかささんにはニーナ・シモンが良かったのに……。ニーナは歌ってるの。〝金がない、友がいない、仕事がない、居場所がない、信じるものがない〟って。その他にも色々、ないものがいっぱいあるという歌」

「それはママ、意地悪な。もしかして僕らをからかっている？」

「いいえ、彼女はね、ニーナはね、〝すべてを変えなければならないわよ〟って言ってるのよ。変えるのは、わたし自身、あなた自身」

「ああ、そういうこと。言ってみれば応援歌なんだね、勝手に解釈しちゃえば。そうなんだって、つかささん」

俯いて聞いていたつかさが顔を上げて「それではさっきの歌は？　悲しそうな辛そうな、でも言い含めるような……」と、ママの目を見た。

「ビリー・ホリデイの声。〝南部の木は奇妙な実をつける……〟。恐ろしい歌なのよ。苦痛の歌。初めて聴いたとき、ゾクッとした。これはわたしの歌でもあると思ったの。わたしはビリーのようには告発も抗議もしないけれど、だって相手は神様だもの。わたしが奇妙な果実なのはわたしのせいではないし、勿論親でもない。神様の悪戯」

礼ママは口ずさんだ。

「カラスに啄《ついば》まれる果実、奇妙で惨めな作物……」

つかさには容易には近付けない世界。重く悩ましい空気が部屋の空気を変えた。まだ半信半疑ながら、つかさにも飲み込めた。シェーカーを振るママの動きに瞬間感じた違和感の正体。司が、つかさになった昔話のくだりで、礼の顔にふと過った憂い。

ママが続けた。

「小学校三年ぐらいだったかな、わたし、この体は間違ってると思ったの。もっと小さい時から何か変、とは感じていたけれど、その時にはっきりわかった。わたしは何かのミスで、この体に入ってしまったんだって。

母親のお腹の中で、どちらにでもなれる時期というのがあるらしいのね。そこで何かが起こった。あるいは起こらなかった。多分ちょっとしたことだと思う。神様の悪戯と言うしかないでしょ？

後々にハッと気づく。そして、自分が〝どっち〟だ、という自覚をしてしまうと、親がどのように育てようと、教育しようと無駄なの。悩ましさだけが生涯の友。だからね、居場所がないのはわたしも同じってことかな」

淡々と話す礼ママに、つかさは言葉が見つからなかった。藤原は疾《と》うに知っているようでを押すため、そうに違いないのだ。


表情を変えることはなかった。

　礼ママは悩ましい現実を抱えているが、徒《いたずら》に足踏みをしているわけでもなければ嘆いてだけいるわけでもない。第一、藤原の仲介とは言え初対面のつかさに何故話す？　つかさの背を押すため、そうに違いないのだ。


「自分の体に手荒なことはしたくない。そんなことをしてどうなる？　メスを入れようが、別の物をくっつけようが変えようのないことがある。どう手を加えようが完璧などっちかにはならない。ならないのよ。わたしに言わせれば無駄なもがきよ。悪足掻《わるあが》き。注射なんかしやしませんよ。

　あるがままで、過剰を、あるいは不足を悩めばいい。矛盾の一つ一つから目を逸らさない。多様性、と、この頃よく言われるけれど、わたしは展翅《てんし》された変種の蝶でいいのよ。それを楽しんでる。苦しんでもいるけれど」

　自分の何がこの二人を刺激したのだろうかと、つかさは空になったグラスを目の前に掲げてみた。単調で平板過ぎる来し方への哀惜？　空っぽ人生への哀れみ？　それとも自分を曝け出すことでの近付き？

「面白いお話をしましょう。わたし、建設現場で働いていたんですよ。小面《こおもて》を付けた肉体派。

想像つくでしょう。そこで藤さんと出会ったの。現場の偉い人だった。元請会社のお偉いさん。こちらは下請けの作業員。手っ取り早く言えば、藤さんは年下の上司。

むさい男たちに喧嘩《けんか》を売られたりイチャモンつけられたり、勿論迫られたこともある。わたしが言うのも変だけれど、世の中にはいろんな癖を持った人がいるの。わたしのようなタイプって、匂いがあるのかしら、すごく執着されて追い回されて、大変だったことが何度も。風紀がどうしたって乱れるのよ。流石に目についたか、他の仕事を探した方がいいと藤さんに言われて一念発起。まずはお金、と思って目を瞑って遮二無二働いたわ。何年かたって小さいお店を借りてスナックを始めたの。

唆したのは藤さんですから何度も来てくださって、その時一緒だったお客さん、大辻さんとおっしゃるのだけれど、その方がね、つくづくとわたしを見て、お前さんに似合う店は、とアドバイスしてくれたの。物書きなんですって。年寄りだけど感覚が普通じゃないの。わたしも、そういう店がいいなあと思った。で、この店に作り替え。責任の一端はあるのですから藤さんにはちょっぴり資金援助はしてもらいましたよ。あ、思い違いしないでね、藤さんは全うな人よ。癖なんてないの。

だけど、大辻さんは曲者でしてね、東京の出版社の人を何人も連れて来てくれて、奇天烈《きてれつ》な穴場なんて紹介記事が出たりして。でも、そのお蔭もあるのかな、意外とお客が多いの。

だから、お借りしたものは綺麗にお返しできました。ということで結構タフに生きてます」

「ママのセンスを見抜いたのですね、その方」

「さあ、面白がり屋さんなのかも」

「そのご老人は僕の会社が管理しているアパートに住んでいるんですよ。隣が空いているという話をしたら、ママが借りてね」

「賑やかにしてますけど、時には一人になりたくて」

聞き漏らしたことがあった。

「ママのご家族の方は」

「ああ、そのこと。両親は健在。人生はお前が決めればいい、と。だって、親に何ができます？　兄は表立っては何も言わないけれど、気持ちは退いているわね。兄は兄の人生を生きればいい。邪魔はしないし、されることは断る。私という〝実〟は一個で、一個だけで枝に垂れている。それでいいと思ってる」

「違うでしょ、礼さん。あなたの周りにはちゃんと人がいる。ご両親もそうだし、お兄さんだって。外野にも大勢、大辻さんや僕や、新しいところでは、この奥寺つかささんも」

話が納まりどころに近づいたのを見計らって、つかさが聞いた。

「あの、午前二時というのは何ですか」

「ああ」と、同時に声を上げて二人が笑った。礼ママが引き取って言った。

「あれやこれやでわたしがめげていた時に、藤さんに連れ出されたの、夜中に。何事かって思うでしょ？　いい人ぶっていながら豹変《ひょうへん》てことも考えるわよね」

「馬鹿な」

「いえ、やっぱり緊張しましたよ。そしたら連れて行かれたのがファミレス」

「え？」とまた間の抜けた声になって、今度は自分で口を押さえた。

「僕が話しますよ。こういうことなんです。午前二時に終了する店があるんです。客はもういない。でも律儀に明かりは点いている。二時。外灯が消されて、閉店と誰にだって分かる。なのに店内だけが明るい。そこへ集団が現れる。私語をするものはいない。椅子をテーブルの上に上げ、ポリッシャーマシーンで床の汚れ落としだ。それからブラシで角の隙間まで綺麗にする。そしてワックスを掛けるんだ。その間に窓ガラスや扉を拭くメンバーもいる。静かに速やかに、それら一切をこなす。清掃のマニュアルが全員の頭に入っている。整然と洩れなく作業が進む。それが実に美しかった。

　この人たちの夜中の働きで世の中が回っている。人知れぬところでの、こうした働き。仕事というものはそうしたものだ。

　僕はね、仕事の行く末に迷って動きの取れない時期があったんです。そういう時にたまたまその光景に出会った。僕にもう一つの歩みを踏み出させる経験でした。そして決めたんですよ。言ってみれば何でも屋、それを仕事にしてみよう、と。つかささんにあの粛々とした仕事をお見せしようかと……。いや、あなたに同じことを、という気はないんですがね」

「しかし」と、藤原は陽気な声で言って、笑い声をたてた。

「僕はメンテナンス業ですから、お二人のメンテの依頼を断りはしませんが」


悪意では毛頭ないことは承知しながら、何事か企まれているのではないかと幾分警戒していたつかさもホッと安堵し、気になっていたもう一つのことを訊ねた。

「お店の名前、花野というのは?」

藤原の笑いにつられて笑顔になっていたママが、ウイスキーの水割りを三つ作ってそれぞれの前に置いた。

「花野というのは、草の花が一面に咲き広がっている秋の野原のこと。さっきの大辻さんがね、新しくするお店の話をしている時に、お前さん、歳幾つって聞くの。言いたくはなかったけれど、仕様がないわね。もうじき五十歳と。自分の奇妙さに振り回されながら働いて、働いたからトンネルも潜れたのだけれど、いつの間にか充分な齢になっていたわね。

そしたら大辻さん、それじゃあ花野がいいよって。遠目には道などなさそうでも歩いて行

ける のが花野だよ。作家さんって人と違うことを言うのよね。その言葉に続けて、〝花野の行き当たるところは〟と謎かけのようなことを言ったら、その時の大辻さんの連れが〝あだし野〟と、即座に、自信たっぷりに。流石にわたしにだってわかりますよ。面白がられているると。でもそれが本当。

野原が枯れちゃうまで、この道を歩いて行こう。わたしにふさわしい店の名。そう思いませんか?

物書きというのは毒を吐くのかしら。でもそれは心地いい。メリハリというか、陰影というか。通り一遍ではない世界が垣間見えるの。わたしには本当に心地いい。

そうそう、ご老人はこんな人の話もしてくれました。九十六歳まで生きた、俳句を作る女の人」

ママは振り向いて棚から紙片を取り出した。

「これこれ、忘れないように書いてもらったの。〝来てみれば花野の果ては海なりし〟。最後の句だそうよ。ああ、いい境地。わたしにはもうちょっと時間はありそうだけれど。

それにこんなこともおっしゃった。〝風景の極限は海、あるいは砂漠〟と、誰の言葉だったかな、至言だろ?　って」

グラスを傾けて礼ママがいった。

「ねえ、つかささん、わたしと暮らしませんか。悩める姉妹として。藤さんが管理を任されているアパート。大辻さんの隣の部屋で、一緒に」

融けだしたグラスの氷が揺れて、底へと滑った。

漂　砂

白い封書が届いた。同じ体裁の手紙が来たのは今年一月の末だった。

藤原は、パソコン画面からチラと社員に目を遣ってから、その封書を一瞥《いちべつ》し、口を窄《すぼ》めた。

藤原の来信受付にそれを置いた女子社員は、そそくさと自席に戻りはしたが、気になるのか落ち着かない様子だった。

あれから数ヵ月は経っているとはいえ、これに似た白封筒に纏わるいきさつがいきさつだけに、流石に社員にも見覚えがあるらしい。落ち着きの無さはそのせいだ。

ご大層に今度も毛筆だ。筆遣いも達者な、いかにも上質の封筒。当たり前と言えば当たり前の、住所、社名、役職、氏名、いずれも正確な表示とバランスの良い文字の配列。妙に整い過ぎだ。自宅なら知らず、およそこうした仕事場には不似合いな、言ってみれば、どこか異質な郵便物だった。

裏返して差出人を見るまでもなかった。中に書かれていることまで想像のつく、つまり、丁寧な、丁重に過ぎる礼状なのだろうと、少々鼻白む思いが差した。さて今回は重ねて何を書いて寄こしたものか。

あの折、今年一月の、いかにも情味の薄い〝事〟の進め方への反発が、間もなく半年になろうかという今も藤原の胸に燻《くすぶ》っていた。

果たして、東京都新宿区と続く住所の後に、大辻某とあった。藤原の会社が管理しているマンション〝あけぼのハイツ〟に昨年末まで入居していた大辻老人の親族だ。

老人とは、藤原の大学時代からの友人、岡倉の紹介で入居することになって六年になる大辻孝雄《たかお》という人物のことだ。当時でも七十歳に手の届く年配でもあった。

高齢者の入居については遠慮したいところではあったが、「身元は保証する」、と中堅ながら一応名の通った出版社に勤務する岡倉の依頼を無下にもできず、様子を見極めながら、の心積もりで応じたのだった。

それでも当然、万端の備えのつもりで、親族の住所だけでなく携帯電話の番号も含め連絡先は届け出てもらっていた。書き込まれた住所は大辻氏自身の自宅だとも言っていた。その際に記載されていたのが、東京、新宿の大辻直樹《なおき》。大辻老人の長男とあった。その人からの手紙だ。

長寿時代と言われて久しい今時、七十歳になるかならぬかで〝老人〟はないが、すでに白髪であったことに加えて、どこか飄々《ひょうひょう》として人好きのする雰囲気があり、記入を渋りつつも岡倉にせっつかれて困り果てたとばかりに職業欄に書き入れたのが文筆業。

つい笑いを誘われるような、もたつく様子を目にして、「年寄りの一人住まい？」といくらか不審を感じていた受付窓口の空気がほぐれた。好感をもって受け入れられたようだ。

それ以上に、何を書くかは知らないが、ともかく文章を書いて暮らしを立てている人ということには興味を引かれ、好奇心を煽られたか、一目置くようなことにもなっていたのだ。自分らと少し世界が違う人、と受け取られたようだ。

こういう場合、普通なら〝先生〟が通り名になりそうなものだが、その時付き添ってきた岡倉の、うるさいくらいに呼びかけた〝先生〟には、どこかしら軽薄な匂いを感じたらしい。同じ呼びかけをしたくないような気分が社員たちにあった。かと言って〝大辻さん〟では素っ気ない。

どうやら大辻という人は、初対面の人たちにも警戒心を抱かせない、むしろ近しい人と思わせる何かを持っているようだった。

その後も遣り取りをする内に、事務所ではいつしか〝大辻老人〟と呼ばれるようになっていた。それは、大辻本人の人懐こい雰囲気がさせた尊敬を込めた愛称で、無論、直接当人に向かって言いはしないが、内々では親しい呼び名だった。

入居の依頼があった時、折よく希望に適う一室、単身仕様の部屋に空きが出たところだったから老人は、まずはスンナリと、あけぼののハイツC棟三号室の住人となった。


大辻氏本人との出会い以前に、岡倉からは打診の電話が入っていた。藤原は訊ねた。

「どういう人なの？　その人は」

「うちの雑誌、文科系の方のにね、文章を寄せてもらっている。まあ、エッセイという態のものかな。エッセイストではないんだが」

「お前が担当しているのか」

「ああ。見開き二ページなんだが、好評なんだ。論文調の長文に挟まってるだろ、息抜きになるのかね、読まれている。反響もある。月一で、五年になるかな。その内、手を入れて一冊刊行する案もあってね。だが、いかんせん、一回当たりが短いから、もう少し頑張ってもらおうとは思っている」

「何を書いているの？」

「うーん、難しいが、一言で言えば〝旅〟ってところか。しかし、単純な旅行記というわけでもない」

「どうも要領を得ないが、お前には大事な人ってことだな。一度こっちへ来てみればいい」

「うん、そうさせてくれ。新潟方面に知り合いはお前だけだから。まあ、心配のない人だ。経済的には問題ない。俺なんかより確かなもんだ」

「その人の仕事はどうなるんだ。こっちに来ちゃって、今している仕事に不都合はないのか？」

「ないない、今は簡単さ。書いたものをメールに添付すれば済む。どこにいたって校正もできるしな。何しろ短い」

〝旅〟？　単なる旅行記ではないもの？　藤原はその人物に興味をもった。


ビルメンテナンスという仕事は、現在では当たり前のように通用するが、藤原が興した当時は知名度が低く、長期に亘って勤務しようと考える者は多くはなかった。何かの事情で中途退職した者、リストラに遭った者など、次へのステップ、中間点として応募してきている者が大半だった。

　そういうわけで長年勤務してきた者は少なかったから、老人が入居した際の経緯を知る者は数えるほどだったけれど、大辻氏が入居して以来六年あまり、〝老人〟という通り名は申し送られていた。

藤原は、五十歳を汐《しお》に、地位もそれなりに得ていた建設会社を退職し、かねて考えていた仕事をスタートさせたのだ。興した「藤原ビルメンテナンス」は、ビル管理の看板を掲げているが、砕いて言えば何でも屋でもあった。

無論、ビルのオーナーから管理を請け負って入退去の斡旋のみならず家賃の取立て、補修に当たり、苦情の窓口ともなって、それら一つ一つに対処する。

その他にも、単独ではビル・店舗の清掃部門も立ち上げ、加えて一般的な不動産業も傍らではあるが取り込んで、落ち穂を拾うような小仕事から徐々に展開させていた。

時期、世相、そして景気の動向により業績に上下はある。が、昨今、世の中には家周りの些細な困りごとに手を焼き、往生している所帯が多くなっていたから、それらを拾い上げ、改善・解決していく。そんな手堅い仕事振りが買われて信用に繋がり、引き合いが途切れることはなく、どうやら事業が維持できている。

管理面では滞納や不払いなどは日常茶飯事と言ってもよく、ごく稀には行方を晦《くら》ます入居者もいるが、それも木目《きめ》細かく相談に乗るし、一方で、困り果てた末だろうが逃げ出す不逞《ふてい》な輩には伝手を辿って所在を突き止めたりして何とか悪い状態を収拾に漕ぎつけている。

順風とは言えないまでも、大きな災難や不祥事は回避できていた。

そういう中で今年一月の出来事が起きた。

まさに膝元で、それが起きた。社員のみならず藤原自身が好意的に、いやそれ以上の感覚で接していた人物、大辻老人に〝事〟が起きたのだ。

今思い出しても、自分があんなにも平常心を欠いたことには、居たたまれない気持ちに陥る。後になってから社の人間に指摘されたのだが、「社長は随分焦っておられましたよ。一月分は請求しなくていいからって、何度も念を押されるので、私らの方も動揺しました。社長、大丈夫かなって。心配でした」と。

差し当たってしなければならないことを一つずつ潰しながら冷静に事を進めていたはずだが、やはりどこかにほつれがあったとみえる。状況を受け入れ難くて混乱していたのだ。

年末から年始にかけての空白の時間。多くのものが手薄になる数日を、今でも苦々しく思い出す。

あけぼののハイツC棟六室の住人の内、部屋で年越しをしたのは大辻老人一人だった。

年末年始に限らず、非常の場合に備えて交代で人員は事務所に配置していたが、彼らが行動を起こすのは、入居者本人もしくは近辺から連絡があればこそのことで、それがなければ動きようもなかったのは確かなのだ。

手の打ちようもなかったのだと、いくら慰めてみても藤原は自分の心の波立ちを鎮めることが難しかった。

多分、老人と最後に会ったのは藤原で、旅立ってしまった老人と最初に出会ったのも藤原だった。

全室とも留守だと受け取られてはなるまい。不用心を避けるために、と、老人に頼んだ。

「あなたの部屋の照明は、お出かけになる場合でも消さないで頂けませんか」

盗難予防を考えたのだ。人目も出入りも多い大規模マンションとは異なり、C棟のような小体なマンションは、侵入するのも逃亡するのも、たやすいと考える輩もいるだろう。

老人は「心配のし過ぎですよ」と言いながらも笑って快諾してくれた。今回は帰郷しないという老人は「こちらでの正月を経験してみたいのでね」と、呑気《のんき》そうに語ったのだが……。

「一人きりで正月?」。気掛かりではあったが藤原は、正月明けにお礼を兼ねて酒席を設ける心積もりでいた。

そうして年が明け、恒例の取引先への年始の挨拶回りが始まる前を見計らって三号室を訪問した。そして、ベッドに寄りかかってこと切れている老人を発見したのだった。

月で区切れば大辻老人が「住んでいた」のは十二月末までなのかも知れなかった。だが、そのことに纏わるいろいろな関連があって、実際に部屋が空いたのは一月も半ば過ぎだった。商売人らしからぬことながら藤原は敢えて家賃の延長には触れまいとし、その思いが部下への幾分奇矯な指示となって先走ったものとみえる。それもこれも、この事態を回避できなかった管理会社、と言うより自分への怯みがさせたことだ。

色んな後処理のために使った費用は、総て申し出て頂きたいと親族から依頼されていた。家具・衣類・食器類の始末。山積みの書籍の処分。清掃と、こういう場合には欠かせない念入りな現状復旧。総て藤原ビルメンテナンスが請け負った。

家賃のことには触れず、それら詳細を添付して計算書を提示した。日を措かずに、請求した実費以上に息子の直樹からは振り込まれていた。

勿論、余分な額は即座に返却した。まるで突き返すように。片意地を張ったように映ったかもしれないが、息子のそういう、金さえ払えばとも見える、どこか事務的な遣り口は、藤原の気持ちを荒らしていた。

もっとも一方では、この成り行きに動転し、混乱した家族の、せいいっぱいの対応なのだろうと推し量りもした。と言ってもそれは、藤原の胸底に澱んだ悪感情を払拭させるものではなかった。

大辻老人、大辻孝雄と私的に行動を共にすることが、もっともその多くは居酒屋等での酒の場だったが、間々あった藤原には、上っ面だけの処置や対応にはどうしても気持ちが添っていかなかった。

老人との幾らか踏み込んだ付き合いは、引っ越してきて、あらかた部屋が片付いた頃合いに岡倉が「お近づきに」と殊勝な提案をした日から始まっていた。老人を挟んで藤原と岡倉の三人で飲んだのだ。

安定した会社員生活を擲《なげう》って、小商売の会社を立ち上げた、と岡倉が軽い調子で藤原を紹介した。場を和ませようとしたのだろう、どこかからかいの交じった口調だった。

だが、老人は真面目な顔になって問いかけた。

「地元有数の建設会社を蹴って、と、聞いていますよ。あれですか？　鶏口となるも　むしろ牛後となるなかれ、という……」

「いえ、そういうことではなく。まあ、結果として鶏口の格好にはなっていますが」

「それは？」

老人は、あの時、グッと藤原に体を寄せて、話を聞かせて欲しいと促したのだ。

「大きい仕事は、小さい仕事の成果で成り立っている、と感じさせる場面に何度も出会いました。小さな川に橋を架けることなしに、大きな河に出会う場所には遂に行けない、という例にも何度も」

「ハハア」と老人は何度も頷いて、「気が合いそうですね」と目を細めたのだった。

「あたしもね、若い頃から日本中廻ってまして、何を知りたかったかと言いますと、やはりあなたのおっしゃる、小さな仕事で、この国を支えてきた人たちのことです。大昔から……」

「先生」と岡倉が遮った。

「長くなりますよ。また別の折に」

夕方、会社に「今夜、どうかな」と遠慮気味な電話が入る。その声音に、電話口で小首を傾げている姿が目に浮かんだ。それは多くの場合、老人が一仕事を終えたか、どうにも筆が滞って気分転換したい時、あるいは岡倉以外の出版社の人間の訪問を受けた時。それと、月に何度か出かけるらしい旅から帰った時だ。

老人が藤原に親しい気持ちを持ってくれたのは、初っ端は当然岡倉の知り合いだからではあろうが、それだけではないという感触をあの夜から藤原は持っていた。〝小さい仕事〟で共感したあの夜だ。

何故なら、藤原も老人と会い、声を聞き、話に耳を傾けることが好ましかったからだ。そして、そういう藤原の心地よさを老人が充分察していると、節々で感じられたからだ。仕事柄、建設会社勤務時代よりも遥かに多様な人に出会い、かつ雑多な出来事に触れている現在、提供できる話題に事欠かなかったし、それぞれを基に、感慨や注文、時として酔いにまかせて声高に世の中への提言紛いを示すこともあった。

どの場合でも老人は、藤原がこれまで出会うことがなかった最上の聞き手だった。

老人とは丁度十二、年が離れていた。十二歳しか、と思う時もあれば、随分な差だと腰が退けることもあった。年上ながら話の通じる可愛い人だと頷く時もあれば、時として手強い年配者でもあった。

白い封書の中身は大方懇切な詫びと礼状と踏んで、それでも一応目を通すべきだろうと開封した藤原は、読み進む内、予想外の内容に、知らず座り直して、姿勢を正していた。

冒頭はお定まりの、ひとかたならぬ迷惑をかけたとの詫びと感謝の旨が綴《つづ》られていて、あの折のことが蘇るにつけ、相手への、親族への、不快感が募るのを抑え難かった。

が、その先で文面は、幾分冗長な、それだけに内実の薄かった進みから、一転した。

「この度、お手紙を差し上げますのは、誠に勝手なことではございますが、ご多用中誠にお願いし難いことではございますが……」

大辻直樹の意志以外のところに何かが覆い被さったかのような言い回しが感じられた。

もしかしたら、と藤原は勘繰った。いつだったか、何かの弾みで話がそれぞれの連れ合いに及んだ時、老人は「あたしは女房二人に養ってもらってましてね」と、恥じらうように笑みを浮かべたことがあった。「なあにい、惚気話《のろけ》なんか聞かせてぇ」と、少し酒の入ったスナックのママに打つ真似をされ、居合わせた周りの客からも囃されたりで、話は頓挫してしまっていた。

だが、その一言が藤原には解せなくて老人の横顔を訝しく見つめたのだ。岡倉が言った「経済的には問題ない」の真意は、こんなところにあるのか？　釈然としないものが残って、いまだに後を引いている。

先妻と現在の夫人とで老人を支えているということ？　藤原に話していないことが岡倉にはまだあるのだ。自分には見えていないことが他にもある。大体、他人の生き様の総てを知ることなどできるわけがない。

だが、老人に親しみを感じれば感じる程、藤原はこうしたことにも疎外感を持ってしまうのだ。

老人の細君、息子二人には母に当たる女性の不実か不興、あるいは別の何か。それらが、この納まりの悪さをもたらしているのではないのか。そして、日数の経った今になって、彼女の心境か状況かに何らかの変化が生じたものなのか。

あの折、顔を出し、父親の亡骸を引き取ったのは直樹と、次男だと名乗った秀樹《ひでき》の二人だけだった。誰よりもそこにいるはずの人間の姿がない。夫人は姿を見せなかった。

急場のことでもあったし、何しろ家族が住む本拠地は東京なのだから、余計な詮索は礼に反する。出過ぎたことは控えなければ、と送り出した。

日本海側から太平洋側へ、国の脊梁《せきりょう》を跨いで戻って行く旅へと、社員ともども大辻老人を見送った。

C棟の残り五室の入居者も頭を垂れて別れを告げた。それぞれに異なる関わりを持ったこの片鱗《へんりん》は藤原も目にし、耳にしていた。老人と結んだ繋がりを思い起こすかのように、老人を乗せて去る車の後ろ姿に深い視線を当てていた。

しかし、藤原には別の思いが渦巻いていた。ビルメンテナンスが手配した大型の黒色の長い車両に慌ただしく乗り込み、型通りに頭を下げたまま去って行った、充分な充分過ぎる大人の兄弟に感じた、埒《らち》もない怒りを持て余していたのだった。

が、この憤りに近い感情は、彼ら、老人の家族に対してよりも、親しさを掲げていたくせに、その実、今回のことを阻めなかった自分の迂闊《うかつ》さを悔やむところから来ていた。

一方でそれは、口惜しさを親族に転嫁したがっている、逃げたい自分への胸苦しさにも発していた。

このように事が運ばれるのは止むを得ないことと思ったが、実のところ自分で想像した以上に虚しさにも襲われていた。

当然と言えば当然なのだが、帰京直後には執り行われたであろう祭事については、身内だけで済ませたか、藤原に案内が届くことはなかった。

拘りを持つ方が可笑しいのだ。が、「そりゃそうだろう」と、独りごちても気持ちが収まる訳もなかった。

そして、一月も末になって、あの、白い畏《かしこ》まった封書が届いていたのだ。

今回のことが事故物件か否かが警察で調べられていた。急いで連絡を取った親族が、こちらに向かっていた。慌ただしく事態が動いている中で、岡倉に電話で事の次第を伝えた。

「大辻さんが亡くなられた」

「え？」と絶句した岡倉が、一呼吸おいて「心臓か？」と訊ねた。

やはり平静ではなかったのだろう、自分の声が尖るのを藤原は感じた。

「心臓に病を持っておられたのか、大辻さんは。何故それを教えておいてくれなかったんだ」

強く詰《なじ》る口調になった。

「大仰にするほどの症状ではないからと、ご本人に言われていたんだ。薬は飲んでおられたようだが、お前も知っての通りお元気だったろう?」

お元気だったさ。だから何度も一緒に酒を飲んだ。歌うこともあったし、バーのママや飲み屋の親父の相談事に頭を突っ込んだり、連れ立って温泉や小旅行にも出かけた。

根を詰める仕事だろうと想像して飲み過ぎだけには気を使ったが、辛そうな様子を見たことがない。姿勢が良く、快活に笑い、下手な冗談を言っては、長い白髪の頭を猩々《しょうじょう》のように振って見せたり。

この数年で、老人の部屋に入ったことはほんの数えるほどで、頼まれると部下任せにせず藤原が動いた。不要になった雑誌や書籍の処分を手伝った。片付けのために開け放した本だらけの部屋に、薬袋とおぼしきものを目にしたことは無い。

そんな状態で、警察にも老人の病について説明などできるわけがなかった。

それにしても、と藤原は納得できなかった。心得ておくのとそうでないのとでは大違いなのだ。が、この段で岡倉を責めても詮のないことだった。

この度のことは、病のせいなのか、それ以外の理由なのか、岡倉に電話をした時点では不明だった。だが、亡くなられたのだ。亡くなって一日か二日か、時間が経過していることから不審死か否かが調べられているのだった。

事件性などあるわけがない。ないはずだ。だから時を措かず老人はここへ帰って来るはずだ。岡倉はすぐに駆けつけなければならない。藤原は、岡倉が来る、と、いささかも疑わなかった。

だが、老人が警察から戻り、息子たちと車に乗り込むまでになっても姿を現さなかった。藤原の苛立ちはそこにもあった。お前の方で良きようにということなのか。岡倉には、去っていく老人に会う必要はなかったのか。いや、必要なんぞではなく、顔を見てお別れをしようという気持ちにはならなかったのか。

数日後、「見計らって自宅を訪ねたが不在だった。改めて出かけてみるよ」と、呆気ない返事が返って来た。

出版不況が囁《ささや》かれて久しい。人員減もあるやに聞く。岡倉の会社でも、担当している雑誌の編集作業の追い込みとぶつかってタイミングを失したのかもしれない。

時間がままにならないのは、業界の厳しさが反映しているのかもしれない。が、この、老人に対する感触の違いは老人との関わり方の相違によるものなのか。そうでなければ、痛みの質が違うのか、と藤原は唇を噛んだ。

今も痛みはあるものの、時間が経過することで、少しは落ち着いたと思う。考えてみれば、いや、考えるまでもなく、マンションの管理人と入居者との交わりについて想像を巡らす者など、いようはずもない。

普通のしきたりや慣行としても、通り一遍の形だけの触れ合いとしても、老人の家族の意識の内には藤原は上らなかったということだ。一顧だにされなかったということ。それは紛れもなくその通りだった。それが世の中では普通のことだった。

にも拘らず、あの時、自分がめげていたという事実。誰にも胸の内を明かすことはなかったが、藤原は傷んでいた。

老人があけぼのハイツに住んでいる間、間遠ながら息子たちが交互に顔を出していたことは聞いていた。管理人としてハイツの一角あるいは近くに住んでいるなら知らず、通常、入居者の家族が、たとえそれが会社組織だとしても管理人に挨拶に訪れることはない。

だが、老人は藤原との交流を二人に語ることはなかったのだろうか。

語ったが、二人はさほどのことと受け取らなかったのか。あるいは二人は何も聞かされていなかったのか。

最悪は、息子たちは聞く耳を持たず無視を決め込んだか。親である老人と共に、彼と細い繋がりを持った人間をも彼らの埒外に置いたのか。

そもそも何故、大辻孝雄は家族のいる都心を離れ、物書きを生業とするからには有しているはずの、関わって来た人脈・係累を擲《なげう》って独りの暮らしを採ったのか。


建設会社に勤務していた経歴を買われ、その筋の伝手で、急成長を続けている市の南部に位置するあけぼのハイツの三棟の管理を任されたのは、独立して五年目のこと、つまり九年前だ。A、B二棟の三階建てマンションと、それに隣接する二階建ての、マンションと言うには小体なC棟。

立ち上げ当初からの業者は経理的に不明朗なことがオーナーの知るところとなって外されたと聞く。以て瞑すべしだと胸に刻んだことを忘れてはいない。

三階建ての一般的なマンションは竣工当初から入居者が殺到したそうで空きはなかった。大規模商業施設がすぐ近くにあり、病院・学校にも便利。駅と郊外と結ぶバス路線が目の前を通り便数も多い。家族連れには暮らし易い、願ってもない位置だった。

だが、二階建て六室の三棟目は独り者には格好の、と藤原には思えたが、時折空きが出て、丁度一階の一部屋を埋める算段をしていたところだった。そんな折に岡倉から声をかけられた。「部屋を借りたい人がいる。一部屋でいいんだが、心当たりはないか」。

渡りに舟だった。そうして現れたのが大辻孝雄、大辻老人だった。

「海に近い所に住みたいと言われるんだ」

その時の岡倉の口調からすれば、大切にしたい義理のある人物のようだった。年齢からして、出版社でそれなりの位置にいるであろう岡倉が自ら面倒を見ようというのだから、社で発行しているいずれかの本あるいは雑誌の重要な書き手なのか、と想像はした。

東京に住んでいる人だ、とは聞いた。海、と言うなら房総半島もあれば、鎌倉だって伊豆だってある。なんで今更日本海なんだ。正直なところ、そう思った。酔狂な、と。


岡倉とは大学以来の友人だ。建築学部で共に学んだ。「設計事務所を二人で将来どうだ」などと、半ば本気、半ば冗談の夢物語を交わした仲だが、怖いもの知らずの大言壮語はすぐに鼻柱を折られた。

同じクラスに、それは見事な設計図を描く男がいて、設計が都市の構想や建築物への、いわば愛のようなものが加味されなければ命が付与されない、などとの彼の高邁《こうまい》な思念に、行く手を塞がれた観があった。

センスのいい人間もいるものだ、と、評論家紛いの感嘆めかした毒づきでかわしはしたが、二人は共に進路を変更した。

卒業後、藤原はそれでも学んだものを生かせる、と建設会社を選び、どういう変節なのか岡倉は文学部に編入し哲学を選んでいた。大学に残る道もあったやに聞くが、結果的に編集者を目指して出版社に潜り込んだ。

年に一度は、〝ににん会〟と称して会うことにしていたが、岡倉の仕事の按配《あんばい》で時には数回になることもあって、まあ気楽な接触は続いていた。

作家のお供で取材旅行と銘打った、若い編集者にはどうやら息抜きも加味された旅をすることもよくあり、殊に、信州・越後は岡倉のフィールドともなっていた。なにしろ地域に詳しい友人が、藤原のことだが、いるという強みが発揮できるのだった。

時には案内がてら藤原が車を出して地域を廻ることもあり、それなりに楽しめたのだが、それも四十代初めまでで、藤原は、思うところがあって、まずは安定した会社員生活を打ち切ることを考え始めたし、岡倉は岡倉で自ら遠出をすることはなくなっていた。

稀に、全国の書店の状況、売れ筋の傾向だとか、展示方法を含めた売り方だとかを調査する仕事に若い者を連れ出すことはあったが、使える時間は以前に比べればしれたものだった。

そうして五十代に入り、藤原は小さな会社を立ち上げ、岡倉は系列子会社に降りていた。

それが、大辻老人を介した時点の二人の立ち位置だった。

入居が決まって一週間後、はやばやと大辻老人は引っ越してきた。軽トラックを先導して岡倉がマンション駐車場に車を乗り入れた。

藤原も荷物の運び込みを手伝い、マンションの約束事、ゴミだの回覧だの地域の地図や乗り物の時刻表、非常時の連絡網などについて説明も終わった。新聞や郵便物は各戸の郵便受けに配達され、市報や県報はC棟だけはビルメンテ会社が一括して預かり配布する。たかだか六室のことだ。

冷蔵庫、洗濯機、ベッド、椅子テーブルはレンタルにした。もともと単身仕様の部屋には原則、付随していた。希望によっては持ち込みも可能にしている。好みの住まい方をしたい人もいるからだ。「至れり尽くせりだな」と岡倉が肩を竦めた。「俺が入りたいくらいだ」と、満更でもない顔つきになった。

ほとんど書籍だという荷解きは一人でしたいという老人を部屋に残して藤原と岡倉はマンションのポーチに出た。雪国らしく屋根が張り出して出入りや配送物の受け渡しに雨露を凌げるようなっている。

藤原が口火を切った。

「物書きはわかったけれど、系統で言えばどういう?」

「うーん、社会学、そうねえミンゾク学か」

「どっちのゾク？」

「俗人、俗物、そう、風俗のゾクだよ」

「風俗？」

「いや、文字がそうだというだけさ」

「民俗と言えば、柳田国男、宮本常一、ああ、それから折口信夫とか」

「ほう、詳しい」

「なに、思いついた名前を挙げただけだよ。その人たちがどんな仕事をしたかについては……。参ったな、ほとんどわからないよ」

「先生には、気になっていることがあるみたいだね。形になるのはもう少し先になりそうだけど」

「大辻さんはどういうテーマで書いておられるんだ？」

「その時、その時さ。昔はね、『逍遙游』という大見出しで長文をものしていたこともあったんだが……」

「何？」

「『逍遙游《しょうようゆう》』」

岡倉は掌に文字を書いてみせ、「意味は別として、文字通りなら、遥かに漂い遊ぶ。という、そういう境地ってことかな」と続けた。

「そもそもどこの言葉？　中国なんだろうね」

その問いかけを受け流す岡倉に、あまり触れられたくない話題かと藤原は思い、そこで話は止まった。

老人が「段ボールは外に出しておけばいいかね」と、扉の陰から例によって小首を傾げて二人を見た。罪の無さげな仕草だった。


藤原に宛てた手紙は続いた。

「お聞き上げ頂きたいことがございます」

女言葉、そうに違いない。これは筆を運ぶ直樹の傍らにいる者の口述筆記ではないか。とすれば、息子二人の母親、老人の妻。あの非常の時にすら顔を出さなかった夫人に違いなかった。

「万障をおして、以下の日時にわたくし共にお越しくださいませんでしょうか。重々ご無理とは存じながら、伏して、お願いを申し上げます。

尚、この件につきましては、岡倉様にも別封にてお手紙を差し上げております」

差し迫った事情でもあるのか、しかしあまりに時代がかった文面に、躊躇いが先に立った。突然現れた老人の妻と、こうした出状を止めない息子を想像すると、大辻家に今、何かが起きているとしか思えなかった。

数時間後、岡倉から電話が入った。出先だったのか藤原からの何度かの電話は通じていなかった。

「すまん、仕事で出ていた。手紙のことだな。お前、どうする」

「どうする？　って。これはどうなっているんだ。訳がわからない。何か大辻家に不都合があったのか？　言いたい文句でもあるのか？」

「待てよ、そうせっつくな。先生のかみさんが病院から戻ったらしい。一時的な帰宅らしいが……」

「病院？　奥さんは一応健在ということなんだね。ちゃんといるってことだ」

皮肉を込めた問いかけにも構わず、岡倉は「ああ、健在というか、いっときね」と続けた。

「それで？」

「それでって……。お前、あんまり気を損ねるなよ。色々言ってなかったことがあるが、まあ聞いてくれ」

岡倉がかつて編入した文学部で、大辻氏は助教授、今で言う准教授を目前にした講師だった。専攻は中世文学だったらしいが、岡倉が面識を得た時には中世の社会の方に強い関心を寄せていた。

そこまではいいが、視線は支配者層ではなく民衆の暮らしに向いて行ったのだそうだ。被支配層の生活実態を掘り起こすことに大きく傾いていた。文学にしてもそれらから離れることは毛頭出来ないのだが、大辻氏の関心の寄せ方には偏りが顕著だった。その時点で、系列の教授からは顰蹙《ひんしゅく》を買っていたらしい。ある意味、それは一般市民には不可触の領域だった。

「それというのも」と岡倉はどこで仕入れたか、氏の出自と関わりがあるかのような言い方をした。

大辻氏はかつて「海に近いところに住みたい」と岡倉に注文していた。東京も、すぐ前が海だ。ちょっと振れば房総も伊豆も近い。何故？ と訝しかったものだ。

「新宮出身なんだ。和歌山の」と岡倉に言われて、「ああ、熊野大社のある」と応じたが、それに続けて岡倉が更に「中上健次と同じ」と言ったのだったと、突然思い出した。

「そうなのか」と、不明瞭ながら腑に落ちるところがあった。

それともう一つ、新潟と東京は新幹線を使えば二時間とちょっと。帰ろうと思えば直ぐにも戻れる。大辻氏が求めたのは、「距離」だったのだと得心したのだ。

必要とあれば直ぐに妻の元に駆け付けられるが、遠く離れている場所。離れていることで安心の得られる場所。大辻氏の自由は、想像の域を出ないが、網目から時々顔を覗かせることで得られていたのか。


「教授とぶつかる前に、助教と反目しあうようになった。大学というところも組織というか、体制が堅いところだからな。助教を差し置いて教授が手を差し伸べるはずもない。ましてや意に染まない動きをする人間なら余計にね。勿論例外もないではないがね。しかし先生は態度を改めることはしなかった。もうすでにして不良分子だ。学部の居場所を、先生は失ったも同然だった。俺は学生時代には直接には繋がりはなかったから先生がその後どの道を進んだのかは知らなかった。出版社に入ってからだよ。論調というかね、識者の論文やそれに準ずる類の文章を書く一人として再会したというわけだ。ただ俺は軟派だから、上も良く人間を見ていてね、硬い系統の書き手を預けることはなくてね」

「大辻氏が硬派？」

藤原は老人の柔らかい笑顔を思い浮かべていた。

「だから、先生の事件を知ったのは随分後になってからだ」

「事件って何だよ？　悪いこと？　まさか犯罪？　そんなことは考えられないが、一体それは」

「犯罪……。うーん、犯罪なのかな。それも一種の罪、なのかな」

岡倉は口籠った。藤原の頭の中に〝それ〟とは何か、砕けた欠片が頭の中で激しく行き迷った。

「苦境にあった時、先生はある出会いをしてしまった。ある学生に出会ったんだ。入学したばかりの少年のような学生だ。先生はこの少年に捕らえられてしまった、強烈に。そばに置きたがった。

二人に何があったというわけではなかったようだが、ただでさえ学部内では渦中の人だ。今で言うバッシングだね。騒ぎになった。そうして先生は大学を去った。

確かなことは誰にもわからない。先生が自ら〝罰らしきもの〟を引き受けたということだ」

言葉が出なかった。受話器を耳に押し当てたまま、宙に目を泳がすしかなかった。

藤原や岡倉が大学生だった頃は、十七、八歳でもバンカラを気取っていたものだ。肩で風を切っていた。それは稀には軟弱な学生もいるにはいたが、そんなのに気を惹かれるか？

疑わしかった。

だが、人が、どんな深淵を抱えているかは窺い知れないということを、藤原は少しはわかる。

「前段がある」

「え」

「先生には奥さんがいた。子供が生まれたばかりだった。お産直後の、鬱というのか、それが彼女を潰したんだな。赤ん坊を残して……。

学内での行き詰まり、家庭内の不幸、そんなものに揉《も》みくちゃになっている時に、これは俺の勝手な想像なんだがな、天使のような少年に出会った。もともとそういう性向があったのかどうかはわかるはずもない。本人にも予測し得ない衝撃だったかもしれず」

溜息にしかならない。酒飲みで快活で、酔うと歌舞伎の猩々のように銀髪を振り、場を盛り上げていた老人。

人一人の後ろには他人の目には滅多に映らない〝劇〟が潜んでいる。

「まだ話してもいいか？　またにしようか」

「いや、話してくれ。今の奥さんのことだね」

「ああ。手紙をくれた人だ。お前のところにも直樹さんの名前で手紙が届いたろ？　息子に書かせたんだ。奥さんは、悠《ゆう》さんという。

さっき出自がどうのという話をしたが、先生の郷里の山持ちのお嬢さんで、少々行き遅れたが、独り身だった。昔から先生に懸想していたそうで、親を説得したのだそうだ。今風に言えば、猛アタックというやつだ。

住まいは東京、つまり現在の住所だ。親の財力で屋敷も構えた。子連れの先生を、どう言うんだ、引き取ったというか、強奪というか」

前の奥さんは亡くなった。言葉は適切ではないかもしれないが、いなくなることで先生に新たな生活の道が拓いた。「二人の女房に養ってもらって」とは、こういうことだったのか。

「そしてね、翌年、先生には二人目の子供ができた。秀樹君だ。先生に惚れ込んでいた悠さんは、長男直樹くんと、彼は悠さんのところに来たのは赤ん坊だったから、隔てなく育て上げた。立派なものだと思うよ。

それから先生の活動は活発になった。現在の日本に密やかに埋もれている〝軋《きし》み〟についての考察に力を注いだ。日本中の、いわゆる境界に生き、呻吟さえしている人々の歴史の掘り起こしにかかったんだ。日本中を旅する。書き起こす。それが『逍遙游』となった。

精力的に仕事が続く半面で、悠さんに異変が起きた。先生のあまりの不在が彼女の神経のバランスを崩したんだね。

彼女は夫を外に出すまいとし始めたんだ。東京には珍しい、木立に囲まれたお屋敷と言ってもいい建物、その一室に夫を閉じ込めようとしたんだ。

先生からは勿論、息子二人からも援《たす》けを求められてね、出版社同行の取材ならと日数制限はされたけれど、ようやく外に出ることができた。そんな状況で大部な仕事は、つまり『逍遙游』は、窮屈なものになってきて先送りせざるを得なかった。

でも先生の仕事を聊《いささ》かでも齧《かじ》った出版人は先生の原稿を欲しがった。何と言っても、気骨のある、そして一味違う中世文学の研究者であることは間違いない。

『徒然草』に『方丈記』。『平家物語』に『太平記』等々、大変なものだよ。だからね〝あけぼのハイツ〟にしばしば押し掛けたんだね、各社。

先生は、砂を吐くようにして、小さい文章を書いた。ご本人は『埋め草』だと言っておられたがね。埋め草はページの空きを埋める短文のことだ。記名もあれば、［お］というのでもね」

「お？」

「大辻の［お］、さ」

「それでわかる？」

「わかる。わかる者はわかる」

「お前のところに避難している間も、時折帰宅して細君の気持ちを宥めていたんだ。でも悠さんは、恋する女の勘なのか、まやかしに気付いたようなんだ。ちょっと荒れてね、病院に預かってもらうことになった。家庭に尋常じゃない波が立っていた。

そこへ訃報だ。息子たちは母親に伝えることができなかった。

見えていない成り行きに、お前は不満を持ったし、俺にも不興を隠さなかったな。俺はともかく、息子たちはひたすら俯くしかなかったんだと思うよ。俺は俺で間を外すことに専念した。まあ、とぼけざるを得なかったんだ、あの時は。お前の憤りはわかっていた。勘弁してくれ」


大辻家からの手紙は、単純な招待なのか、懇願なのか、それとも婉曲《えんきょく》な強要なのか判断はつかなかった。何しろ、家族との直の接触は僅かな時間だったし、藤原の側の焦りもあって、印象はどちらかと言えば朧げだ。

が、大辻氏の最晩年に拘《かか》わった者としての礼儀でもあろうし、何よりも一つの関係の終わりを納得のいく状態で迎えたいと考えて、指定された日、平日ではあったが藤原は東京へ出た。

新潟から二時間、東京駅から二十分。降り立った駅で岡倉と待ち合わせ、大辻家に向かった。

それこそ大辻氏が何度となく通ったに違いない道を辿ることになる。大通りを右に折れ、二本目の角を左に入ると、街の佇まいがはっきりと変わった。

大通りの賑わい、喧騒はスッと遠のいて、道の両側に住宅の木立が張り出し、人影がない。「午後二時」と案内にあった時間に、この通りはシンと静まり返っていた。

足を止めて藤原は岡倉を窺った。岡倉は黙って頷いた。「こういうところなんだ」というように。

こんなところがあるのかと訝しかった。車二台が通れる幅のある道は真っ直ぐ伸びて、この道と交差するらしい通りを横切る車は、遥か前方に小さく望めた。

表通りに、あるいはもう一本隣の道への、抜け道や小道、横丁というものがないように見える。この圧迫感は応えた。即刻、踵《きびす》を返したい思いに駆られた。

車寄せのある敷地に入り、扉の前に立つと、ベルを押す前に内側から開いた。

「ようこそ。お出かけを有難うございます」と、直樹が二人を招じ入れ、応接室に通された。

さぞかしという先入観を持っていたが、部屋の設えに大仰なところはなく、それが逆に余裕のように思われた。

岡倉が馴染んだ挨拶をしたから、直樹氏の連れ合いなのだろう中年の女性が、紅茶で接待してくれた。

事によると、あの手紙はこの人の手になるものかもと、ふと藤原は思った。佇まいが端正というか、几帳面そうな顔立ちだった。

それはそれとして、どうも空気がおかしかった。勧められた茶を啜って、妙な間があった。

「実は……」

やがて、言い淀みながら直樹が口にしたことは、半ば意外で、半ば予想しなくもなかった内容だった。

「母が戻れないのです。秀樹が迎えに行ったのですが、母の興奮が酷くて、一時帰宅は許可できないと医者に言われたそうで。様子を見ようと、待機はしているのですが……」

困惑し、恐縮している直樹に岡倉が声をかけた。

「ご病気なら、無理はなさらん方が。我々は構わんですよ。久しぶりに会えましたので、旧交を温めることにしますよ。な、藤原」

藤原は頷くしかなかった。

「先月、一時帰宅しました折には、随分しっかりしておりまして、お二人にお越し頂き、父の話を聞かせてもらいたいのだと、熱心に申しましたので、病状にムラがあることは承知しつつ、結局失礼というより無謀なお願いをいたしました。この時刻で連絡がないということは難しいということでしょう。今後も……」

直樹は言葉を切って、「折角お越し頂きましたので、せめて父の書斎でも見てやってくださいますか」と、立ち上がった。

案内しながら直樹は言った。

「私たちの家は母子家庭のようなものでした。父は旅に出ることが多かったですし、家におります時でも、書斎に籠っておりました。

私たち子供は、遊んでもらうことがほとんどなく、詰まらぬ思いをしましたが、気丈にしていた母が一番寂しかったと思います。

私たちが大人になり、それぞれ別棟に暮らすようになりましてから独りを怖がるようになり、父の行動に縛りをかけるようなことになりました。岡倉さんもご存じのように」

大辻氏の書斎は、大きめのデスクの両側は天井までの作り付けの本棚で、書籍がぎっしりと並べられていた。

仕事に飽いたり、疲労した時に備えて、片隅に簡単なベッドもあり、籠ったまま日を過ごすことがあったのかもしれない。

まるで、あけぼのハイツC棟三号室の豪華版のようだ、と藤原は肩を竦めながら思った。

「これらの本は、そのうち出入りの古書店に引き取ってもらおうと思っていますが、母がいる間は触れません。何が何処にあるかを、父よりもよく知っていました。

父が必要とする本を、すぐに取り出して仕事に役立つことが母の誇りでした。

ですが、父は……」


特別なコーナーと思われる、ガラス戸の入った書棚から無造作に直樹は古そうな一冊を取り出した。背表紙に『風姿花伝』と読めた。

「何よりも母を怖がらせたのは、自分以外の人間に、父が気持ちを寄せることでした。女でも。男でも……」


秀樹が戻ったら、最寄りの駅までお送りしますというのを固辞して、玄関を出る時、岡倉が直樹に、小声で聞いた。

「今日という日をお母さんが選ばれたのは何か理由が？」

直樹は、「さあ」、とばかりに首を傾《かし》げた。

肝心な人が病とあっては、失礼せざるを得ない。燻るものはあったが、大辻家を辞した。

駅に向かって歩きながら岡倉が「俺は実は知ってるんだ」と、大きく溜息を吐いて言った。

「直樹君はわかっている。直樹君の実の母親が亡くなった日だ。

悠さんは、孤独に追い詰められた妄想の中でも、この特別な日を忘れていなかった。いや
むしろ、切り捨てたい記憶だったが故に鮮明に残ったというところか。

その日に、俺たちの記憶も一緒くたに〝無いもの〟にしたかった。どうだ、穿《うが》ち過ぎか？」

藤原は「もう、いい」と、思っていた。人の記憶は、その人だけのものじゃないのか？

俺は、あの愛すべき老人を忘れないし、あの愛嬌のある励ましや、共感を大切なものとして抱えていくさ。

あけぼののハイツC棟三号室で片付けを手伝っていた時のことを懐かしく思い浮かべていた。

本の山の中に、他とはハッキリ趣の違う一冊があるのを見つけて、老人に聞いたものだ。

「これは？」

「え、ああ、『砂』のこと？」

手を止めて、老人は言った。

「〝一粒の砂に世界を見る〟なんて言ってる詩人もいてね、あたしらは砂の一粒に過ぎない

が、それでいて世界そのものでもある。この一粒に物語が詰まっている。あなたの好きな小さい仕事。小さな世界。そこにね、いっぱい物語が、人が、詰まっている……。そんな風に思いませんか？」

そう言って、例の笑顔になったんだっけ。

あの本は、最後の片付けの時に、手伝ってくれた友人が持って帰った。彼も老人が好きな一人だったから、良しとしよう。

だが、自分が貰っておけば良かったかな。ふと、そう思って口元が綻んだ。

II

虫の譜

悪《わる》虫《むし》

姉が来る……。

「また、雅代《まさよ》姉さんこんなことを」と、環《たまき》は届いたばかりの葉書を見て口を尖らしたが、連絡がしばらく取れていなかっただけに、胸の内に小さなざわめきがあった。前回会った時から三ヵ月が経ち、十一月が間もなく終わろうとしていた。

〝明日寄るけど、いいかな。五時頃。
　　　　　　　　　　雅代〟

書かれているのはそれだけだ。文言は素っ気無いが、柔らかい筆遣いな上、いつの頃からか手すさびになったという木口《こぐち》木版画が刷り込まれている。その時々で意匠は変わるが、どれも鳥だ。鳥だとはわかるが種類を特定できないことが環を焦れさせていた。単に鳥というだけなのか、意味が込められているのか、解釈の仕様もない。にもかかわらず図柄もそれなりに様になっていて〝いいなあ、上手だ〟と思ってしまうから余計小憎らしい。

そんな葉書が舞い込むことがもう何度目になるのか。

到着日の翌日が〝明日〟であるように計算して投函されているのだろう。前の何度かもそうだったから。だが、電話で済むものを、と環はその度ごとに、つい非難めいた思いになる。

今年五月のちょっとした行き違いがこんなまだるっこしい遣り口の切っ掛けとなったのだろうと想像はするのだけれど、だとすれば随分大人気ないと、詰《なじ》りたい気持ちにもなっている。

旅に出かけたまま行方が知れなくなっている姉の夫、高塚和重《かずしげ》の消息が摑めるかもと、上京の前夜雅代は訪ねてきていた。和重に関わりがあるかもしれない内容の手紙が届いたという。珍しく緊張を滲ませながら、未知の差出人と会うのだと語って出かけた。その日から三日目の夜だったか、姉から電話が入った。「今からそっちへ回ってもいいか」と。

だが環はその夜、姉のために時間を割くことができなかった。駅構内の雑踏と知れる騒音の只中から聞こえてきた、すぐにも行って話したいと早口になる姉の申し出を断らざるを得なかった。来客があった。複数の男たちの隣室でのさんざめきが雅代の耳にも届いたろうか。

高校教師をしていた環の夫、成沢省吾《しょうご》は三年も前に病を得て亡くなっていたが、いまだに何かというとかつての教え子の悪餓鬼連が顔を出す。

その夜は海外駐在中の商社勤務の男が休暇で帰国しているからとクラスのメンバーに招集がかかっていた。〃成沢先生も交えて一献〃と、毎度の世話役からの味な誘いに、ほぼいつものメンバーが揃った。省吾の写真が飾られた仏間と客座敷とを開け広げての宴が始まっていた。

料理屋から宴会用のオードブルと寿司を取り、酒などは持ち寄るから環が準備するのは取り皿とグラスくらい。設えと片付けは全員一斉にと、慣れたものである。

県下に名の通った進学校で省吾は世界史を教えていた。受験のための科目が優先される風潮の中にあって、どうしたって冷や飯を喰う立ち位置だった。だが、〃成沢先生の授業を受けると世界への興味が募る〃などと生徒たちに受けが良く、妙に好かれた。省吾自身が世界の歴史に並みならぬ関心があって、教科書に記載されている事柄以上にエピソードを交えて面白く話をする。

中でも中世ヨーロッパに省吾は惹かれているようだったが、何しろ世界は出来事の記憶と記録に満ち溢れている。チンギス・ハーンの西征、数度に亘る十字軍の遠征、イスラム世界との攻防等々……、話の種は尽きないわけだから、瑣末なエピソードも巧みに盛り込んで、もっと聞きたいと生徒たちに思わせた。歴史家の記述、小説家の想像、何よりも遺跡の数々が示す紛れも無い史実。そんな訳で、現役の頃からよく生徒たちがつるんでは自宅を襲っていたものだった。

実を言えば環自身もその手合の一人だったが、遊びに行くことが重なるにつれて、別の意味合いで省吾が気になり始めていた。省吾にも兆すものがあったらしく、後で知ったことだが、どうやら意識は互いにするようになっていたようだ。

ただ、省吾の方からは表立つことは容易にはしなかった。教師と生徒であることは勿論だが、何しろ環とは十歳も年が離れていたのだから、男の側に相当怯むところがあったのだろう。その程度に環は考えていた。だが、卒業して、環の大学生活四年を挟んでも、はかばかしい進展がないことにもどかしさを募らせた環が、省吾に泣いて迫ってから事が動き出した。

そして、とりわけ環が急いたのは、環の家、坂下家の子供が娘二人だったからだ。姉よりも早く行動を起こさなければならない。

二歳上の姉を差し置いての結婚話は親たちを慌てさせた。坂下の家とて相手の家柄を云々できたものではないにしても、父はなかなか認めようとはせず、母も環の味方にはならなかった。そんな父と母とを粘り強く説得し後押しをしてくれたのが、傍目から見れば貧乏くじを引くことになる当の雅代だった。

「今夜はごめん、とか言ってたけど、誰、今の電話」

今しがたまで、欧州駐在中の余得とばかりに近隣各国を旅して回ったという商社マンの話に沸いていたにも拘わらず、耳ざとい一人が聞いてきた。

「姉。でも、明日会うから」

実のところ、明日と提案した環に、「明日は本家に報告に行くから。私の方からまた連絡する」と電話は切れていた。そんなことから微かな痛みのようなものが胸の中に染みを作っていたけれど、それはひとまず横に置いた。

「カンの姉さんか、あの綺麗な」

別の一人が乗ってくる。カンは環の愛称だ。

「そうだ、高校に入った時、三年生にすごい美人がいるって評判でさ、教室に覗きに行ったもんな。同じ名字なのにカンと関係があるなどとは誰も思いやしない。カンとはえらい違いなんだ」

別の一人がからかった。四十年以上も前のことをよくもまあとあきれる環をよそ目に、話の流れは姉をも巻き込もうとしていた。

「そうだよ。先生とカンが結婚するというだけでも、こちらは充分驚かされていたのに、式場であの美人が姉さんだと紹介されて……」

笑い声が立つ中で、目の前に立ち塞がるように無粋な話題に振ろうとする者もいた。

「そう言えば、この家はカンの実家だろう？　ここに先生も一緒に住むようになって何年？」

何も年数を知りたいわけでも、拘りがあるわけでもあるまい。次の問いかけが腹の中にある。それはこの家と姉との微妙な空気への好奇心だ。それと、環には読み取れない、彼らの省吾への思い入れ、あるいは仲間内で囁かれていることでもあるのか、知りえた話の断片を繋げるための探りを入れているのだろうが、いずれ深い意図があっての問いかけではない。そう見越して環はさり気なく答えた。

「長いわよ。母がね不自由になって。梗塞よ、脳。介護が必要になってからだから……、二十年、そう、二十年になる」

「もともとの先生の家はボロッチかったからなあ」

七人もいると、しかも酒の入った席だから、話がまた他所へ飛んだ。機会を待って、今しがたのそれはまた蒸し返されるのかもしれないが、さしあたり一息はつけた。

「あそこは先生が学生時代から借りていたという筋金入りの古い家だったよね。確か終戦直後の間に合わせ住宅。バラックって呼ばれてた」

付き合いが長過ぎるととんでもない話題まで飛び出してくる。

「先生はお金がなかったから」

「それに本、歴史の本がいっぱいで、床が傾いてたもん。畳もさ、気味の悪い柔らかさでさ。

ああいう湿気た畳のこと、何て言うんだったけな。俺たちが行くと〝お前ら部屋で動き回るな〟なんてね」

「僕は先生に見せたかったよ、あの風景を」

海外勤務の男が突然声を上げた。

「シルクロードの西端が間近の、アレキサンダーがペルシャやインドへ向かった道さ。トルコの内陸部の……」

省吾が彼らには、彼らだけには、旅する夢を語ったというのか？　それとも彼らが暗に察していたとでもいうのか。不思議なことを聞かされたように、環はまじまじと男の顔に目を当てた。


坂下の家は農家だったが地所持ちで、雅代と環の娘二人を、それぞれが望むように都市部の大学に進ませた。娘たちも、それを当然と考えていた。ただ、卒業後しかるべき時期には二人のどちらかが結婚して家を継ぐ。多分それは雅代が、ということになるのだろうが、予定された道筋だった。

不承不承ながら父の許しが出て、環は職に就くこともなく結婚し、父が準備してくれた貸家で暮らし始めた。妹娘はあまりにも早く手離すことになったが、雅代が坂下家を継いでくれればいいのだ、何の問題もない、と父は高を括っていた。

しかし、雅代は持ち込まれる縁談の悉《ことごと》くに頭を振り続けた。結婚を約した人がいる。だから家には残れない。残れというのなら結婚はしない。双方、退くことをしないまま二十五歳になり二十六歳を過ぎ、そうして両親、ことに父と雅代とは剣呑な状態となっていた。少なくとも環にはそう感じられ、微かなおびえを胸底に潜ませることになった。

雅代は卒業後、地元に戻り役所に勤務していた。職場で知り合い、交際を続けていたのが高塚和重だった。父が承知しないというのであれば雅代は家を出ることもできたのだが、それはしなかった。時間をかけても父にわかってもらう。和重という人が、姉にそこまでの決意をさせるだけの人物なのかどうか、環には計りかねた。育ちのいい青年という印象ではあったけれど。

相手の高塚和重については、地方では名のある旧家で有数の経済人でもある家系だと父も知っていた。そうした家と縁を結ぶことを父は潔しとしなかった。また、高塚の姓を和重が捨て去るはずもない。

特に、大家に有り勝ちな身内の争いごとが噂されるような場合は。高塚家に伏在している正嫡云々の話は、多分当事者の与り知らぬところで取り沙汰されてい、それを父も耳にしていたのだ。

父は和重に会おうとはせず、いたずらに時間が流れていた。流石の環もいたたまれず、胸が痛かった。父の不興も姉の不幸にも自分が与していることが多いのだ。今度は自分が姉のために働く番ではないかと落ち着かない日々を送っていた丁度その頃だ。四年目でようやく環に子供が生まれた。女の子だった。

初めての孫娘に理沙《りさ》という名前を父がつけてくれた。理沙が可愛く育ち上がっていくにつれ、祖父となった父の気持ちがどうやら解けてきていた。頑なだった雅代への態度にも変化が現れ、三十歳を目前にした姉娘を解き放ってやらねばと、ようやくにして頷くことになった。坂下家は孫に預けることもできるのだ。理沙に、ということになれば、氏姓の問題を考えるのはもう少し先延ばしにしてもよかった。

折柄、所有している田んぼの大半にかかる宅地造成の計画が持ち込まれ、父は大胆な決断をした。多少の畑くらいは残すとして、自分が稲作を続けられる年数の残りは、と考えた時、宅地化の話は転換のチャンスだと父の判断は素早かった。土地は手放す。

農業を断念する代償なのか、あるいは別の意図があってか、父は更に周辺を驚かすような行動に出た。長年趣味で手を入れてきた庭に離れを造ること。外見には落ち着いた佇まいながら、内部の造作に贅を凝らした小体な家。

銘木とされる木材を集め始めていた。設計は京都の然るべき建築士に任すとし、雪国の気象、湿度や気温の変動を熟知した地元の施工業者を選んだのは先々の補修を考えてのことだろう。自分の持ち場や思いが侵食されていく危機感に衝き動かされてのことではないかと環は推し量り、口を挟むことは控えた。思い通りにやればいい。

父自身は嗜まなかったが、茶室としても使えるように炉を切り、水屋を備え、玄関、控えの間、台所、洗面所、それに小振りの湯屋までと念の入った一戸が数年後、建ち上がった。幅広の欅の縁側に座れば、季節ごとに色や姿を変える樹木や花を配した庭の景観が楽しめた。その離れに直接出入りできるように塀もめぐらし、数台分の駐車スペースも取った。同じ敷地の中の母屋と離れは、それぞれ独立した使用が可能だった。

父がどこまでイメージしていたのかはわからないが、現在は建屋と庭の風情を愛で、喜ぶ人たちの定期的な習い事や催しに供することができている。環はいわば施設の管理人だ。電話の応対からスケジュールの調整、加えてそれが売りだから掃除や庭の手入れも欠かせない。

生前、父は「家というものは住み手が仕上げるものだ」と口煩《くちうるさ》く言い、雑巾がけを欠かさなかったから、それも環の仕事の大きな部分を占める。おまけに同級生たちの母屋への訪問も時知らずにある。理沙が結婚して夫の任地に住まいし、省吾が逝った今、環が無聊《ぶりょう》をかこつことなく過ごせるのはこのお蔭なのだ。

母の病を機に同居を始めた環一家のために父は自ら「成沢」の表札を母屋に掲げた。

ここは成沢の住まいになる。そういう宣言と取れた。

「坂下」を失くする父の無念は周囲が考える以上に深かったのか。自慢の娘から受けた思いもかけぬ仕打ちへの憤り、嘆き、恨めしさはそれほどまでに強かったのか。矛先は雅代一人に向けられているようだった、雅代の戻る家には戸が立てられたようなもの。少なくとも雅代にはそう感じられたのではなかったろうか。

子供が思い通りにならない。そればかりか離反していく。世の中にはいくらもある例だろうに、父の内にも、おそらく何かが棲《す》みついたのだ。

「連絡する」と言っていたが、環は待つわけにはゆかず、一日置いて姉の家を訪ねることにした。久し振りのことだ。姉と妹というものは大方仲がいいものだ。頻いくらいに連絡を取り合い、行き来をする姉妹が周囲にはいくらもいる。

だが、雅代と環の場合、少女時代はともかく、それぞれが家庭を持ってからは、近いとは言えないまでも同じ市内に住みながら、どこか他人行儀だったから、環にはずっと不満はあった。姉の夫の件がなければ、互いに世間的に見れば疎遠と映る間柄を気にすることもなかったかもしれないのだ。

そもそもその原因は、姉を身動きならないような状態に一時はしてしまった遠い日にある。

つまりは自分にあると環は思っているが、それにしても、という気持ちも一方では打ち消せないでいた。雅代は冷淡過ぎはしないか、と。

姉の家は郊外に連なる山の中腹にある。緩い坂道を車を走らせると、木々はてんでに若葉を吹き出し、霞《かすみ》がかかったような具合だ。山全体が柔らかな生き物がうずくまってでもいるように思わせた。

家の前に立つと市の中心部が見渡せる。見晴らしは良いとは言え、山中で一人居る雅代の心持ちはどういう納まり方をしているのだろうか。和重と雅代の夫婦には子供がいなかった。そして今は和重が〝旅〟に出たまま戻っていない。雅代の独りは二年近くになっていた。

展望のきく位置に張り出したベランダに、スケッチブックを手にした雅代がいた。スケッチ？　呑気が過ぎやしない？　束の間、環に不審な思いが差した。

「ごめんね、おとといは」

下の道からかけた声の所在が一瞬わからなかったか、視線が泳いだが、手を振ってみせた環に目を留め、笑顔になった。

「尾長が何羽も来てたので……。でも、ジッとしてくれないから描けないの、なかなか」

平地の環の家も、母屋の側には屋敷林がいまだに残っているから鳥は来るが、一々分別するほど暇ではない。ましてやスケッチなぞ。この山中ではもっと種類が多いだろうとは頷けた。そう言えばさっきから郭公が啼《な》いていた。少し早いような気もするが、山では活発に生き物は動き始めているのだろう。

「ほら、あの枝に留まってるのが尾長。姿も羽色も美しいのに、啼き声を聞くと〝エッ〟と思っちゃう。グエッ、グエッ、だから興ざめ。でも春先、つがいでいる時は静かね」

雅代は、鳥をスケッチして版画にするのだと、デッキテーブルの上の、環には変哲のない棒切れにしか見えない木片を示した。

「何、これ」

「椿《つばき》の幹。これを輪切りにして、木口を磨いて、彫る。鳥をね。好きなのよ鳥が。写真からでもいいのだけれど、動きの特徴はやっぱりスケッチしなくちゃ。何種類か彫ってはみたんだけど。尾長もまだ中途」

のんびりとそんなことを言いながら環を部屋に招き入れると、不意に口調を変えて切り出した。用件は先刻承知とでもいうように。

「昨日、本家のお義兄さんに会ってきたわ。山谷で亡くなった女の人が持っていたという、和重さんの住所と名前が書かれたメモのこと。どういうことだったのかを報告しました。女の人のお兄さん、手紙をくれた人ね。その人と会いました。妹さんと疎遠にしていたので生前のことを聞かせてもらえはしないかと、そんな手紙だったと、そこまでは出かける前にあなたにも話したわね」

「ええ、それで？」

「そのメモって、宿帳を千切ったものだったの。記入したのは和重さんよ。あの人の筆跡。その女の人は旅館の、まあ管理人というか、受付の人でね。病気だったので和重さんがお金を貸したみたい。いつか返せる時が来たら、と思って覚えのためにそのページを女の人が取っておいた、そういうことらしい。当事者がどちらも目の前にはいないのだから、推測の部分もあるけれど」

「それって、いつのこと？」

「その旅館に泊まったのが？　それが、日付がないのでわからないのよ。でも、和重さんが泊まったことは間違いないと思う。東京にいたということが。もしかしたら、まだ……」

「山谷と言った？　それって簡易旅館、ドヤと呼ばれた所よね。そんなところにお義兄さんが？」

「お金はあるのよ。要るだけ引き出せるの。でも、必要最小限しか使っていない。毎月私、銀行に行くの。和重さんの通帳に記帳するからわかってる。ああいう旅館を利用しているとしたら一泊二千円。ギリギリの食費を一日千五百円と考えると、月の最低十一万弱。あと、都内を移動する交通費や何日かおきのお風呂や歯磨きなどの日用品、洗濯代とか……」

「お姉さん、何を言ってるの？　お義兄さんがほとんど……、ほとんど路上生活者のような毎日を過ごしているというの？　何故そんなことをしなくちゃいけないの？　高塚家の人よ。役所で部長まで務めた人よ。不自由なく暮らしてきた人じゃありませんか。酔狂が過ぎやしませんか」

「環ちゃん、待ってよ。ただ〝旅〟をしたいというだけなら、あのまま働き続けることもできないじゃなかったのね。でも部長で定年になると、それなりの実務というか働き場所が用意されているの。その場になってからでは断るのが難しい。余程の事情か病気かでなければ、新しい職場に迷惑をかけるだけではなくて、後から来る人の道を潰すことにもなりかねない。前例を破るというか壊すことはできないの。あの人も計算はしたと思う。身を引くタイミングは計っていたはずよ。でも……」

「ん？」

「お母さんが亡くならなければ、踏み出しはしなかった。お母さんを落胆させるような行動は取れなかったのよ。丁度、というのは適切ではないかもしれないけれど、丁度転身への意思表示をしなければならない時期にお母さんが」

高塚家の内実については環も疾うに承知していることだ。先代から会社を引き継いだ長男の重信に対して和重の母が屈託を抱え続けていたことを。

「で、でもよ、百歩譲って、お辞めになるのは、まあ、いい。それは自分の都合なんですから。でも、こんな旅は、はっきり変よ。引き止めないお姉さんも悪い。皆に心配をかけている」

「誰に？」

「高塚の皆さんも、お姉さんにも。私だって心配をしている。今みたいな話を聞かされたら尚更よ」

雅代は黙って俯いていたが、環に同意したという様子ではなかった。

「考えてみる」

「え？」

「もう少し、あの人のことを考えてみる」

そう言ってから突然「あっ」と声を上げた。

話の流れが流れだけに何事かと驚いて環が顔を窺うと「思い出した」と雅代は口元を緩めていた。

「記帳に行った時ね、今月はちょっと多いな、引出し額が、と思ったことがあったの。二月よ、今年の。多いといっても普段の、私たちの感覚からすれば、ほんの僅か。だから見過ごしたのね。あの時、あの旅館の女の人に貸して上げたのだわ。ああ、三ヵ月前、和重さんはあの場所にいたんだ」

　嬉しげに一人頷く雅代の様子に、今日は上京の顚末《てんまつ》を聞くだけに留めようと環は思った。

「それにしても、お姉さん、よくドヤ街に行けましたね。知らないで言うのも何だけど、ちょっと怖そうじゃありませんか」

「そうそう、忘れるところだった。高塚のお義兄さんが、東京で仕事してる由美《ゆみ》ちゃんに連絡を取ってくれて」

「え、じゃ、叔母と姪の女二人で？」

「由美ちゃんがお付き合いしている青年が一緒に行ってくれたの。心強かったわ。一人で動くつもりだったのが連れができて。そしたら自分がどんなに不安だったのかがわかりましたよ。頼りきっちゃいました」

「由美ちゃんは姉さん夫婦に懐いて、この家によく遊びに来てたみたいね。理沙より余程可愛いかったでしょ」

「どちらも可愛い。和重さんに繋がる由美ちゃん。私には理沙ちゃん。省吾さんも理沙ちゃんを連れて寄ってくれたじゃありませんか。あなたもね。でも、こちらからはなかなか会いに行けなかった。敷居が高くて」

「家、貰っちゃったから、成沢が。わたしらが」

「何を言うの。それでいいのよ。その内、理沙ちゃん一家も戻ってくるでしょうし。お父さんの望んだようになるかもしれない。それに、お父さんは親不孝な娘にもそれなりのものは残してくれましたからね。環ちゃんが気兼ねをすることは一つもありません。あなた方夫婦がお母さんにもお父さんにも良くしてくれて、本当に有難いと思ってる。省吾さんにも感謝感謝だったのよ。気難しいお父さんの面倒をみて寿命を縮めたのかもね」

一時、昔語りになったが、雅代がつと口調を改めた。

「心配してくれてありがとう。あの人のことが少しはわかっているとは言っても、不吉な場面ばかりが掠めて不安で堪らない時期もあったの。あなた、こんな新聞記事を見たことはない？　〝不明長男見つけた〟という見出し。去年の秋。母親が行方不明になった長男を探そうと、警視庁の『行方不明相談所』で全国の身元不明遺体を集めた資料を閲覧したそうよ。そしてとうとう見覚えのある下着のロゴマークを手掛かりに本人と確認することになったって。遺体よ。遺体が身に着けていた衣類や靴・鞄《かばん》の写真、発見された場所・日時などがわかるようになっているのだって。体が震えたわ。あろうはずがないと思っていても、毎月預金の引き出しを確認するまでは落ち着けない。山谷とそうは離れていない浅草には場所柄でしょうね、その相談所の出先があるそうで、覗いてみたい気持ちに駆られることもあったの。随分後になってからインターネットでも資料を検索できることを知ったけれど、開けないわね。そんな怖いこと」

雅代は言葉を切って、居住まいを正すように椅子に座りなおした。

「でも環、妙な想像はしないでね。あの人は帰るために出かけたのだから」

それから間もなく雅代から葉書が届いた。

〝上京します。由美ちゃんのことで〟

半月ほどして、今度は軽い調子でまた葉書が。

〝由美ちゃんが、あの親切で感じのいい青年、三原俊介《しゅんすけ》さんと結婚することになりました。二人が家を憚って踏ん切りがつけられないようでしたから、わたくしが少し動きました。〟

どちらにも鳥の木版が捺《お》されていた。一枚目の木版画は環も目の前で見たから、その姿で尾長とわかった。大急ぎで仕上げたのだろうか。

鳥の名が特定できない二枚目は手持ちの版を起こしたのか。大きめの文字のメッセージに続いて、細かい文字でいきさつが書かれていた。

高塚本家の一人娘、由美は会社を、そして家を、継ぐことはしないのだという。父親の会社絡みでない以上、友だちと勤め先の同僚だけでのレストランウエディング形式で済ましたいという若い二人の案を親たちが受け入れたと。いずれ地元での披露宴は考えているにしても。

高塚もまた坂下家の伝を辿るというのか。時代は少し変わったのだろうか。離れの柱を磨きながら環は思いを転がしていた。

昔、檜の柱に鉋《かんな》をかけながら大工の棟梁が話してくれた。

「おこがましいようですが、わたしら三百年先を読んで仕事に当たります。だから木を活かす技を磨かなければあかんのですわ。三百年後に修理せざるをえんようになった時、〝おおっ〟と言わせたいもんです」

三百年までは想定しないまでも、父は慈しんで手をかけて残していけるもののことを考えていたのではないか。

棟梁が掛ける鉋の下から美しい削り花が溢れるのを父と一緒に溜息をつきながら見たものだ。削りとられてもあの花のようには人はいかない。せいぜいできることは、在るがままの今を丁寧に拭き続けることではないのか。たかだか二十有余年ではあるが、古色を帯びつつある離れを愛おしい者でも見るように環はしばらく眺めていた。

環は姉の夫、和重について想像を巡らしてみることがある。

刷り込まれた傷のようなものを和重が引き摺っているとして、変化する時代とは遠いところで、棄てられなかったもの、棄てられないが故に目に触れぬように埋めるしかなかったものをわざわざ取りに戻るような行為。そんなことが大人に許されることなのかどうか。

和重の兄、重信は正妻の子ではない。和重が生まれる前、父親は自分にとって初めての息子を引き取り、長子として妻に預けた。

父親の薫陶を得て会社経営者として成長していく姿を常に後ろから見ていて、兄と肩を並べる、あるいは取って代わることを和重はいささかも考えることがなかったろうか。

和重の傍らにはいつも、権利を主張して止まず、実の息子の背を押し、煽り、耳元に何事かを囁き続ける母親の執着があったとしよう。それを障りなく穏当にかわし得たものかどうか……。環には見えないものが多すぎた。

和重が近年になって度々口にしたという言葉も姉から聞かされていた。「もういいだろう。この辺で生き方を変えたいんだ。楽になりたい」。

いい年をして何と甘えた言い草だろう。無責任だ。誰だって楽ではない生き方をしている。それなりの働きも示し優遇されたはずの仕事を、嫌だ嫌だと思いながら携わってきたとぼやいては、仕事に対しても失礼というものではないか。

環は腹立たしかった。そして和重当人よりももっと雅代にも納得のいかないものを感じていた。

〝時間が取れる時に来て欲しい。八月中は家にいます〟

そんな葉書が届いた。今回のは鳶《とんび》なのだろうか、翼を広げて飛んでいる鳥の姿だ。羽の先の細かい切れ込みまでが彫り込まれて、手の込んだ版だ。予め電話をして環は出かけた。可笑しいのだ。姉は常に携帯を手元に置いている。「放さないわ、お風呂だって、トイレだって」と言う。だから、掛けた電話が待たされることはない。もっとも、掛けたことは多くはなかったし、今は禁じられているのだが……。いつ、夫から電話が入るかわからない。自宅の電話も呼び出し音四回で携帯に転送されるようにセットさえしてもらっていた。

それにしたって長話をするわけではなし、このスピード時代に葉書はないだろうと白けながら、一方で、案外版画を見せたい理由とか拘りとかがあるのかもと、安直に、幾分かの皮肉も込めて思いもした。

「話もだけど、今日はね、見せたいものがあって」

雅代が招き入れてくれた部屋は、いわばアトリエとでもいうのか、中央に作業机があって小振りな木工具とおぼしきものが並んでいた。

「それはビュラン。彫刻刀みたいなもの。ここは、うちの人の作業場。もともと版画は和重さんが始めたことなの。かなり以前からね。展覧会で見てから木口版画にすっかり。道具類のこととかで、最初だけは習いに行ったんだけど、あとは一人で」

雅代が指差す壁面には数点の、なかなか見応えのある作品が掛けられていた。思わず近寄って、歪《いびつ》な円形に象《かたど》られた黒い、細密な図版に眼を凝らした。直径六、七センチに満たない画中に花弁がひしめいているもの。種類の様々な鳥の羽根が幾層にも重なっているように見えるもの。我知らず大きく息を吐いていた。

「辛気臭い作業。気が遠くなるような細かさ。何時間も根をつめて黙ったまま……。苛々したものよ」

台の上に置かれた、椿だという版木は、その小ささに似合わずギッシリと詰まった年輪で太刀打ちの容易でないことを示していた。手強い相手。

「でも、あの集中には引き下がるしかなかった。針先のような一点一点を穿ち続けるのめり込み。初めは単純な図柄が数年経つ内にだんだんと密になって、濃い絵になっていった。まるで胸に仕舞われていた形にならない面倒な代物が、小さな塊になってポロリポロリと吐き出されて来るみたい」

雅代の言うところでは、彫ることに限らず描くにしろ捏《こ》ねるにしろ、一般にものを作る人たちが、そのことによって内面のエネルギーを消化したり置き換えたりするのとは、和重のそれはちょっと違う。

我を忘れてひたすら刻み続ける、そんな作業の只中で、和重は自分の内の言葉にならない混沌としたものに向き合ってしまった。際限なく繰り返す単調な作業というものは、潜んでいた魔物を引き寄せることがあるようだと。

改めての発見と、確認せざるを得ない時間とに出会ってしまった。それが形を伴って迸《ほとばし》り出る。

環には今ひとつ得心がいかなかった。精進というよりは苦行のように打ち込んだ和重の作業が、無理矢理口の中に手を突っ込んで、出さなくてもいいものまで引き摺り出してしまったということだってあり得る。どうにも鬱陶しいことだなとぼんやりと感じたまでだった。

そこへ、「省吾さんもね」、と思いがけない名前が口にされた。

「え？」

「省吾さんが遊びにいらしたことがあったわ、うちの人が椿と格闘している時に。八つ年下の和重と私を律儀にお義兄さん、お義姉さんと呼んでくれた省吾さん。教養人というのは、ああいう人を指すのね。いろんなことに精通してらして、その癖、驕《おご》らず高ぶらず。今頃になってなんだけど、あなたには勿体ないような人」

姉の言葉は、この場合そのまま受け取っていいものかどうか。そして、それに続いた話には胸を衝かれた。

「でね、省吾さんが、そのひたすら細かい作業を目にして、こんなことを言われたの。〝私も事情が許せば、歴史的な地域で発掘作業に携わりたかった。結果が出るのか、終わりが果たしてあるのかと疑わせるような際限のない土掘りを。そうでなければ古美術品の修復のような仕事を〟ってね。トルコやエジプトや、シルクロードのどこかで、と思いつく土地の名前を挙げながら、一人笑いをなさった。あれは、ご自分の病気を知らされた後のことだったかしら」

事情が許せば？　〝先生に見せたかった風景〟と友だちが口にした、あの夜の場面が一瞬、環の脳裏に甦った。省吾が甲斐の無い夢を見ていたということ？　環は言葉もなく姉の顔を見つめ、肩を怒らせた。

「間もなく和重さんもビュランに触らなくなった。〝何故？〟と私は問いかけなかった。理解したなんてご大層なことではなくて、あの人の思いに添おうとだけ思ったの」

夫が行く先も明らかにせず〝旅〟なるものに出かける。それを見過ごしにするようなことは環なら、やりはしない。相手に縛りを掛ける。当然だ。

亡くなって何年も経ってから本音の呟きが聞こえて来るような始末だとしても、最終的には省吾が環を採ったのは明らかなのだから。それとも、成沢の名前だけは立てながら、その実、それと気付かぬまま手前勝手な思惑で省吾を振り回してきたのだろうか。

あるいは、気付かぬ振りをして心中に秘かに別物を飼っていたのは自分の方なのか。この安穏な日々は、無神経な独りよがりが作り上げたものなのか。

姉は環のようにはしなかった。昔、父と果てのないような諍《いさか》いをしながら守りきった和重を、今また見守ろうとしている。

それでいいのだろうか。私だって守った。〝守る〟という言葉面だけなら同じとも捉えられようが、姉の方法が許されるのだろうか。

「和重さんが出かけてから、ここに座ってみたの。手が勝手に動いて道具を握り込んでいた。それからは見様見真似。あの人が集めていた鳥の羽、そう、そこにある平箱に飾ってある羽。雉《きじ》だの、山鳥だの、小鴨だの、色々。紙に描いてみて、木の大きさに合わせてまた描いて。堅い木だから手こずったわ。小さいから余計。手前味噌だけれど、形らしきものになると単純に嬉しかった。楽しかった。でも、あの人の渦巻くような黒には到底ならない。かける時間が短いのだからなるわけも無いのだけれど、ここに」

そう言って雅代は自分の胸を、あてがった手で何度か軽く敲《たた》いた。

「ここにあるものが根本的に違うのよ。技以前に違いが出るのね」

それから部屋を移り、バルコニーの先に市内が眺望できるテーブルに向かい合って座った。

「夏でも、ここは涼しいわ。窓や戸を開け放っているから風が通って昼間は冷房いらず。夜は流石に蚊が多くて網戸だけでは、ね。でも充分快適。そんな暮らしをしていると、堪え性がなくなって。だから、この間の東京は厳しかったわ」

姉が、あの五月以降、何度か上京していることは聞かされていたが、ごく最近にも行ったというのか。

「由美ちゃんのところ？」

「ううん、会ったけど、例の結び役の用でちょっとだけ。ねえ、環ちゃん、前に話してた旅館の女の人ね、あなただったら初めて出会った人にお金貸せる？　いくらお気の毒だって数万円をよ」

「それは……。気持ちはあっても、余裕があっても、しない、と言うかできないわね」

「そうでしょ。和重さんはその宿の馴染みだった。それなら、わかる。あの人なら貸すでしょう」

「その人、綺麗だったのかな」

「馬鹿を言うのはおよしなさい。ま、それはそれとして、私はこう思ったの。あの人は、あの界隈を、泪橋《なみだばし》のあたりを嫌ってはいない。間遠だとしても繰り返して利用しているということ。たとえ三畳しかない部屋でも布団で体を休められるから」

「お姉さんは、お義兄さんが何故そんなことをすると思うの？」

「あの人は、多分」

「多分？」

「地べたに座ってみたいと……。何にも無いところに自分を置いてみたいと」

「変よ、それは。そんなことまやかしよ。地べたただなんて、よく言える。実際はね、稼がなくてもいいお金を持っていて、いつでも援けを呼べる携帯も持ってる。お姉さん言ったでしょ、運転免許証も健康保険証も持参している。ちゃんとした家族がい、住所もある。不足のない環境にいながら、ごめん、悪いけど、お義兄さんはふざけてる」

笑いを含んだ声で答えが返った。

「環ちゃん、さっきの省吾さんの本音の話でちょっとへこんじゃった？　一矢報いたい、なんて。でも感情的にならないで。私も考えの纏まらないところもあるけれど、こんな風にも思えない？　沢山持ってても、依《よ》って立つ一点が不確かなら人って平穏ではいられないんじゃないかな。自分の軸っていうか……。不味《まず》いやり方であろうと、遅すぎるとわかっていても、踏み切らざるを得ない。そんなこともあるでしょ。和重さんも、あの町、例えば泪橋の辺りで、たむろしている人たちと同じになれないことはわかってる。そんな無礼なことは考えてはいない。あの人には自分を抛《ほう》り出してみる時間が必要なのよ。これは私の想像でしかないけれど、多分」

傍らのマガジンラックから地図を取り出して雅代は指差した。東京都台東区の地図だった。何度も手にしたらしく折り目に痛みが何ヵ所もあった。

「訪ねた旅館はこの辺り、台東区の北部ね。今度は一人でバスに乗って出かけたの。五月に行った時は、由美ちゃんのお相手が車を出してくれて、様子はおおよそわかったから、今回は一人で。区内を循環するバスというのがあって、コースが三つ。北の方を少し歩いてみようと思った。上野から浅草に出て、二つ目のコースに乗り換える。隅田川沿いにしばらく走ったところで一旦降りました。区民の足になっているようで、十五分おきに次のが来るとわかったから」

途切れない姉の話に、それでも興味をそそられて耳を傾けた。

「隅田公園。一つ前の停留所が花川戸《はなかわど》。どちらも聞き覚えのある名前で、どういうんだろう、気持ちが和んだというか……。次のバス停まで歩いて、乗って。橋場というところでまた降りたのは、老人福祉館が近いと表示にあったからかな。〝ここで降りよう〟と思ったのには理由はないの。偶然というか単純な気紛れよ」

「お姉さんに、そんな無計画なところがあった？　なんか変よ。別の人の話を聞いてるみたい」

「環ちゃんには話してはいなかったけれど、私、何度か上野までは行ってたの。無計画というか無謀というか。今や私にすっかり馴染んだやり方になってるわ」

「えー、それってお義兄さんが出かけてからのことね」

「上野公園で場所を変えながら、一日座ってたり」

「お姉さんが？　わあ驚き。そんなことをして、おかしな目に、そのう、危ないような目に遭わなかった？」

「ないわ。むしろ小父さんたちが、その……、ホームレスの人たちが、〞寝るところあるのか？〟なんて気にかけてくれたわ」

「お姉さんのような奥様然とした女性を宿無しだと普通思う？」

「公園をねぐらにしている人たちだって最初からみすぼらしい恰好《かっこう》でいるわけがないでしょ。段々とそうなる、ならざるを得ない」

「でも何故東京なの？　どうして上野なの？」

「日比谷かもしれない。新宿とか池袋とか、新大久保の方にもその手の人が多いと調べました。その時その時で動いているかもしれないけれど、あの人がひっそり身を置くのは東京だという気がするの」

「ああ、もう、妙な話ばっかり」

「そうね、妙なことが起きてる。橋場でも起きたのよ」

環はまじまじと雅代の顔を見つめた。

「橋場町を歩いていたら、気が惹かれる看板に行き当たったの。『皮革産業資料館』。昔、皮をなめす仕事に従事した人の多かったところでもあるのかな。そんなことも思いながら入ってしまったわ。多分、日常ではまず起きない感覚が働いてしまったのね」

「革製品の展示？」

「ええ。でも資料と言うからには、鞄にしろ靴にしろ歴史を感じさせる古い品々が並んでいたの。それに、参考まで、の意図なんだろうけど、お相撲さんのやけに大きな靴だとか、有名歌手のとんでもなく高いヒールの靴、中国の纏足《てんそく》婦人の見るだけで息が詰まりそうな小さな靴なんかも」

そこまで言って、雅代は大きく息を吐いた。

「ある靴の前で、動けなくなってしまった」

「何か？……」

「くたびれた編み上げ靴があったの。汗、脂、汚れ、傷、そんなのが皆んな革に染み込んで、グズグズになった靴。戦時中の中国大陸を四年間歩きに歩いた兵士、陸軍の兵隊さんの靴なんですって。痛ましい姿を曝しているその靴を見てたら……。涙が止まらなくなったの。私は戦争のことは知らない。でも、一人の人の戦いはずっと見てきた。その靴は私を揺さぶったの」

その場面が甦《よみがえ》るのか、俯けた顔をなかなか上げようとはしなかった。

「ボロボロ涙を流している私の傍にお婆さんが近寄ってきて、〝泣きなさい、泣きなさい。辛かったろう〟と言ってくれた。勘違いよね。少し呆けているのかもしれない。でも私は本気のいたわりを感じてしまった」

「お義兄さんのことを連想してしまったんだ」

「でね、関係のない人様の前でさんざん泣いて驚かしたから、恥ずかしいやら申し訳ないやら、お婆さんにお詫びして出ようとしたら、その人、私の腕を摑んで放さないの。家がわからなくなったって言うの」

「ええっ」

「館の人に聞いたら、少し先の老人施設にいる人だって。時々やってきては例の靴をじっと見ているのですって。この人の方が現実に息子を戦争で亡くすかしたのじゃないかと私は思ったわ。施設まで送って行きました。あの、例の旅館の小路が目の先のところでした。お婆さんは施設の玄関で駄々をこねるの。〝息子の嫁だ〟と言い募って。係の方に宥《なだ》められて、ようやく、という成り行きでした。でも、私はお婆さんに約束をしたの。〝必ず、また来ます〟って」

それを言う時の眼差しが物語っていた。雅代が心に期したことが何なのか。環の想像は誤ってはいないだろうと思った。姉はまた、出かける。そして、出かけるだけではなく……。

姉は言った。有無を言わせぬ口調だった。

「時間が欲しいの。私から連絡するまで放っておいて」

五時ごろ、の約束に違わず雅代が成沢の門を叩いた。「二ヵ月ぶり」、と快活な第一声だった。

「変わりはないの？」

「ない。和重さんからは、相変わらず何の連絡もないし。私は折々メールはしてるの。読んでいるのかどうか。敢えて着信確認はしていない。携帯の使用明細、家に領収書が届くから、電話を使っていることはわかるわ。派遣の仕事でもすることがあるのかな、と想像するだけ。この頃の日雇い派遣は携帯で派遣先が指示されるそうだから。つまり、充電はしてるってこと。だから、私があの施設、お婆さんが入所している施設近くにアパートを借りたこともメールで」

「エッ、お姉さん、東京でアパートを？」

「うん、それをあなたにも話しておこうと思って今日」

「移ってしまうということ？」

「違う、違う。行ったり来たりするにしても、その方がいいかなって。まだしっかり決めてはいないけれど、そういうパターンも考えているの。思いがけないところでお父さんに残してもらったお金が役に立ってるわ」

「いつまで続ける気？」

「さあ……」

「それで、お義兄さんとは会えそう？」

「見つけるために行ってるのじゃないもの。ドヤとまではいかないけれど、安い1DKのアパートで午前中は木を彫って、午後はお婆さんお爺さんの施設で昔語りを聞かせてもらうボランティアみたいなこと。それも決めてきた」

「あ、あの送って行ったお婆さんの施設」

「そう、そこ。あのね、あのお婆さんもそうだったけれど、歩き回ったりして一見、元気そうに見えても、あそこにいる老人たちは病気を抱えていて、それも治る見込みのない病で、独りで、先のない暮らしを耐えている。お婆さんに会いに行って、施設の人に聞いたわ。だからでしょうね、若い時代の話をしたがるんですって。もてた時の、稼いだ時の、愉快だった時の、勇ましい話。そうかと思えば、意気地なく涙を流したり、恨みのたけをぶちまけたり。とにかく誰かに話をしたいのよ。誰かとの繋がりが欲しいの」

「お義兄さんはどうなるの。見つけるためにじゃないって、どういうことなの」

「私ね、前にも言ったと思うけれど、考えていたいのよ、あの人のことを。考えることで近寄りたいの。当然だけど、二人が同じようには動けない。夫婦だけど、違うんだもの。だけど、家庭というものの最小単位だよね、夫婦って。別々なんだけど似通ってる。そうね、あの人は昔、出会った時から何かを探していたし、私も探していた。あの人は見失ったものを、私の方は多分、欠けているものを。出会ったその時から、まるで同志」

姉は照れたように笑った。

何かやる、姉はきっと、と思っていた。だがそれは環には到底選べない遣り方だった。事によると姉は、妹の平穏な人生を、平板で退屈な、と、ちょっとからかってみせているのかもしれない。知らぬ間によくない何かを浸み出していながら、遂に気付くことのなかった妹の無邪気な人生を。

言葉を失っている妹を、雅代が悪戯っぽく覗き込んだ。

「いけない？」

「いけなくはないけど。お姉さんが違う人になったみたいで」

「私、少し悪くなった？」

「そうじゃないけど」

「環」

呼びかけて雅代は優しい目になり、環の手を両手で握りこんだ。

「悪いって、強いってことでもあるのよ。あなたも、そう、思うでしょう？」

環は、姉の掌にくるまれた自分の手を黙って見つめた。

年《ねん》縞《こう》

「あれから妙な夢をみるんだ」と、会社の山仲間の佐々木に愚痴ったら、「そりゃそうだろ、あちこちに不義理を働いているんだから」と軽くかわされた。

あちこち、などとは大仰で、佐々木の他は最上と浜田の、しばしば山歩きのチームを組む同期の三人が残念がっているだけだ。が、そういう口の下から「どんな？」と聞いてくるのだから、聡《さとし》のサボタージュがさほど深刻に受け取られているようでもない。

九月の連休に仲間四人での山旅を予定していた。二泊三日で雲ノ平《くものたいら》を目指そうというもの。欲を出して、雲ノ平を経由して笠ヶ岳に抜けるルートも考えた。北アルプスの最深部から飛騨の最西部に抜けるという、いわば大人のコースは、初挑戦にはハードルが高すぎるか？と思いつつも、ルートとコースタイムをさんざん練ってみたが、まず日程的に無理と判断しての計画変更だった。今回は、雲ノ平を楽しもう、と。

となると、登山口の折立《おりたて》まで車を使えば、バスや電車の時間制約からフリーになり、余裕の旅になる、と結論した。

富山駅前に三人が集合して、父親と共用の中古車なんだと言いながら生意気にもランドクルーザーを転がす佐々木に拾ってもらう。父親を数年前病気で失った野々村聡は、佐々木にはこれまでにも何回か乗せてもらったことがあるのだが、その都度、薄っすらと癪な思いをしないではなかった。だが、今回はウエルカムなのだから、勝手と言えば勝手なもの。登山口の折立へ一路、となる。

折立からは五時間の登りが始まる。ここまではすでに経験済みだ。薬師岳を目指す旅の一般的なルートだ。前回のように太郎平の小屋で一泊とするか、太郎山から黒部源流まで一気に下って薬師沢まで足を延ばすか。それはもう当然、〝長駆する〟、で決まり。一旦決めれば後は、その先の道に想像を膨らませるだけだ。

聡は計画の段階で、以前、山の先輩から聞かされていた高天原山荘泊をチラリと頭に過らせたが、口に出しはしなかった。雲ノ平を楽しむなら、そこに時間を多く取るのがいい。高天原は、また別の機会があるだろう。

先輩は言っていた。高天原山荘の近くには露天の温泉がある。山登りをする者には体を酷使した後の温泉というものは極上の贅沢を味わえることになるという。温泉からそう離れてはいないクマザサの道を辿ると池にぶつかる。その池に東面に聳《そび》える水晶岳が映り込んでいるのが実に美しいのだ、と。しかし、薬師沢から往復五時間はみておかなければならないよ、とも付け加えた。

雲ノ平は標高二六〇〇メートル以上、日本一の高原だ。三俣蓮華《みつまたれんげ》岳・水晶岳・鷲羽《わしば》岳に囲まれ、どの登山口からも一日以上かかる。溶岩台地のそこここに広がる〝庭園〟の名を冠した高原の絶景の散策ができるが、そこに至るにはそれなりの装備と体力が必要だ。が、薬師沢からの急登を抜ければアラスカ・アルプス・ギリシャと庭園が続き、歓声を上げずにはいられまい。想像するだけで胸が躍る。

にもかかわらず、「今回は降りるわ」と、数日前に聡は三人に告げた。訳はもちろん話し、「そういうことなら」と了解はしてもらったのだから、後を曳《ひ》くようなことにはならないと思っているが、何よりも当の本人の気持ちが収まりきらないでいるのが見え見えで、それをからかってみたくなるのは佐々木だけではない。

「どんな夢を見たっていうんだ」

「本屋に行きたいんだよ僕は。夢の中で。読みたい本が店頭で平積みになっている。もう少しで手の届くところまで来ているのに、握っているリードがやけに重くて足が前に出ない」

「リード？　犬とかの？」

「そう。振り返ると、リードの先に何か蹲《うずくま》っている。手繰ると〝それ〟は影のように動いて平台の前に座るんだ、意思を持っているかのように。やけに大きいんだ〝それは〟。不穏な空気感が漂う。虎なのか、あるいはライオンなのか、どうもよくわからないんだが、ともかく獣っぽいんだよ」

「それってさ、君のおじいさんとかおふくろさんとかが、姿を変えて現れるってことかね。つまり、力の行使の象徴ってやつ」

笑いを含んだ声で、浜田も軽口になり、最上が面白げに相槌《あいづち》を打つ。

「そうかもしれないし、そうでないかも。例えば僕自身の不満体が凝って姿を現す、とか……」

更に聡が「昨日なんぞはさ……」と、続けようとすると、「それはもういいよ、夢は。いい大人がする話か？」と佐々木が割って入った。

「今回は仕様がないね、残念だけど僕ら三人で行ってくる。山小屋にも予約はしているし、人数変更なら難しくはないだろう。次の機会には一緒に行くことにしよう。どこがいいか、また考えておいてくれよ」

佐々木たちと九月に山登りの案が出ている。そんな話を夕食の時、母にしたのは、八月の初旬だった。

「今度は、どこ？」と聞くから「雲ノ平、方面になるかな。もう少し足が延ばせればと思うんだけれど」と、その時点ではその通りの答えをした。

「いいところみたいね。年配の女性が単独で登る例もあるんだって？　それも一週間以上も使って」

息子が、この数年、会社の山好きとあちらこちらと出かけるから、多少は山のことには関心も興味も持ってくれているようで、そんな情報も摑んでいるのが面白かった。この感触なら反対はされない。

「経験を積んだ人だよ、それは。あるいは山雑誌の関係の人か。取材か写真。高山植物、それとも動物、鳥とか、虫とか。でもさ、〝高原〟と言ったって、やすやすと行けるわけじゃあないからね。ただ、雲ノ平を拠点にすれば、槍ヶ岳だって、笠ヶ岳だって、薬師岳も行ける。もっとも、その都度、山小屋かキャンプ場に戻らなくちゃならないけれど」

行き先は雲ノ平と纏まったあの時、母には高天原について話してくれた先輩のことに触れたろうか。極上の贅沢、という〝温泉〟のことなどを。

ところが数日して、やはり夕食の場で母が切り出した。

「聡、来月の連休、空けておいてくれないかな」

「ん？　予定していること、あるけど。言ったよね、雲ノ平」

「そうか、そうか。でも、空けて欲しい」

その日は母が毎月恒例にしている金沢行の日だった。美容院を営んでいる母は、月に一回と設定されている二日連休になる一日を金沢に行くと決めていた。実家を訪ねる、というか、帰るのだ。今日がその日で、いつもと同じように父親と過ごしてきたのだ。娘の目から見ると、行き届いていないと思う掃除やら洗濯やら、好物の作り置きやら、することはあるのだろうし、父親に相談したいこともあるのだろう。母も早くに夫を亡くしている。

聡の父は、母に多少の財産は残してくれたようだから、それを元手に母は小規模ながらマンションビルを建てた。病を養って、家族の将来を慮っていた夫からの示唆に加えて、小規模とはいえ、まがりなりにも事業を進める上では折々には実家の父親から実務上の手続き等の援けも得たことだろう。

それにしても母が果敢に事を進めてきたことには、聡は頭が下がる。一階は美容院と自宅にあて、二階・三階を賃貸住宅として貸し出している。家賃収入と美容室の上がりで聡は大学を出て今日に至っている。

「何かあった？　おじいちゃんのところで。というか、おじいちゃんに何か？」

母の父、聡の祖父である新倉睦夫《むつお》は、金沢生まれの金沢育ち。浅野川沿いに、時代を経た、しかし小体ながら風情のある家に住まいしていた。県の職員を勤め上げた後は、お定まりのように地域の役割が回ってきていた上、個人的には在職中から加わっていた郷土史研究の集まりが定例的にあり、忙しくはしていた。

ただ、数年前に連れ合い、聡の祖母である暁子《あきこ》に先立たれ、何かと不自由が生じていることは明らかだった。睦夫の一人娘である、聡の母、和美《かずみ》が当初から「富山で一緒に暮らそう」と持ち掛け、誘いは再三に亘ったが埒があかなかった。長年馴染んだ地元の人たちや、研究会の仲間との繋がりは断ち難いものなのだろうか。

「おじいちゃんがね、ちょっと旅行するっていうのよ。今までだって家を留守にする時は、必ず事前に言うし、急に用ができたなんて時でも一応電話をくれたから。そういう約束だもの。こっちはいつだって気にしているんだから」

「旅行ってことは、遠出するよ、ってことだね」

「そうよね。聞いたわよ。どこへ、どなたと？　まさか遠方ってことじゃないでしょうね。おじいちゃんはもうすぐ八十歳になるのよ。まさか一人旅ってことはありませんよね」

「お母さん、もう今どきは八十歳なんて驚くことはないんじゃないの？　皆さん若々しいよ。会社を卒業した先輩方の集まりのお手伝いに年一回駆り出されるけど、矍鑠《かくしゃく》・潑剌《はつらつ》とした人が多いよ」

「そりゃあ、そんな人もこの頃では多くなっているかもしれないけれどね。でも……」

母の言いたいこと、心配は分かる。だが、祖父はしっかりした人だ。肝が据わっている、と聡は思っている。

先年の、石川県を襲った大雨の際、浅野川が出水したことがあったが、町内の人たちの奮闘で、被害を最小限にとどめ得たと報道されたものだ。祖父は纏め役の一人として尽力したのだと、報せを聞いて富山から駆け付けた母と聡に、近所の人たちから感謝の言葉がかけられた。

入り組んだ細い路地を持つ街が泥まみれになった。その混乱の最中、浸水被害を受けてしまった家々の子供や病弱な家族を預かるやら、炊き出しの場所を提供するなど、その地で長く暮らした者の知恵や配慮が働いたということなのだろう。

その時、七十代半ばだった祖父は、今も変わりないように聡には見える。以前に比べて母の金沢行に同行することは減ったかもしれないが、それでも折々は聡も一緒に顔を出すし、時には祖父の郷土史調査に一役買って、能登方面や近郊へのドライブをすることもある。

また、富山市中心部から金沢へは高速道を使えば片道一時間とかからない。離れてはいても、〝遠い〟というほどの距離ではない。結局、別々の暮らしが続いているのは、しょっちゆうの行き来が無理ではないという安心感が互いにあるということもあるし、一人でいることを、むしろ良しとしている祖父が、生活者として自立している、との信頼感もあるからだ。たとえ娘が見て、いくつかの不満があるとしても。

「で、おじいちゃんは、どこへ行きたいの？　旅の行き先、聞いたんでしょう？」

「有馬、ですって」

「ありま？　あの有馬？　温泉の？」

「そう」

「お友達と？　昔の職場の。それとも、趣味の集まりの？」

母は吐息をついた。

「一人で」

鸚鵡返しに「一人で？」と言って　まじまじと聡は母を見つめた。予想外の返事だった。

母が椅子に座りなおした。

「それでね」

あ、やばい、と思った。こういう時は得てしてバッティングするものだ。

「それでね、今回は聡、あなたに動いて欲しいの。おじいちゃんには何度も言った。一人で遠出なんて駄目ですよ。能登や越前やの近場なら知らず、いいえ近くても変だけど、とにかく。と、くどいくらいに言ったけれど、〝決めたから〟の一点張り。なんか、日頃に似ず、頑なのね。私が一緒に行ければいいのだけれど、予定しているお日程は丁度お得意さんのお嬢さんの結婚式の予定が入っていて動かしようがないの。着付けも頼まれているし。仮に知り合いの美容室に変わってもらえたとして、出先や道中でトラブルが生じた時には、私では手に負えないかもしれない。あなたと、あなたの山のお友達には申し訳ないけれど、訳を言って今回は勘弁してもらって」

祖父が起こそうとしている行動は、単なる思い付きということでもなさそうだ。が、譲らないところをみれば、何か期するものがあるのではないか。そう考えて、仲間に不義理をすることはやむを得ない、と判断した。

「丁度休日なので聡を、ご一緒させてください」と母が告げた時、「そうか、行けるのか」と応じただけで、祖父は抗いはしなかったそうだ。根負けしたのか、それともむしろ、内々には期待があったのでは？　あるいは、こうなることを見越していたのではないか、と聡は勘繰ったほどだ。

聡との二人旅にしろ、「車は駄目。電車利用で動いてほしい」と、母はそこだけはこだわった。祖父もそうだが、聡も運転はする。佐々木ほど大きな車種ではないが、車も持ってはいる。が、母に言わせれば、高速道利用の長距離は、若くても疲れる。しかも運転が荒いと聞く関西地区では、もらい事故などにも遭いかねない。どうせならゆったりと安全に旅してもらいたい、と。電話の応答を聞いていると、もとより祖父はＪＲ利用でと考えていたようで、苦笑いをしている顔が想像できた。

さて、九月に旅の予定が入った。それはそれで愉快だった。祖父と旅。しかも〝温泉〟。日本三古泉だという有馬温泉だ。なかなかにユニークではないか、と。

仕事が入って忙しい母の手を煩わせることなく、旅の支度は整った。何処かの誰かを訪問するわけではないから土産の心配もない。なに、山旅をする者には旅支度などはお手の物だ。最小限の衣類・車中での簡単な食べ物や飲み物。それに、祖父に持病があるとは聞いていないから常備薬クラスの若干の薬品……。

むしろ山よりは準備は容易だ。

前夜、仕事を終えてから金沢に移動。祖父の家に泊まり、翌朝、金沢からＪＲの客になった。旅の行程は、と一応は聞いた。「京都まではサンダーバード。そこから高速バスに乗れば一時間そこそこで有馬に着く。簡単なものだ」と、実に簡単だ。どこに泊まるか、何を見るか、は祖父任せだ。この旅を仕組んだ本人に任せるしかない。

福井あたりまでは持ち込んだ新聞のニュースを話題にし、話が途切れたところで「さて」と、祖父は棚に載せた鞄から薄いファイルを取り出して膝に置いた。

「暁子さんが文箱に入れていたものだ」

祖父は、聡が覚えている限りの昔からだが、祖母を「暁子さん」と呼んでいた。生前、祖母に呼びかける時は勿論、今でも祖母について話す時の「暁子さん」は、何か若やいだ空気を運んできたものだ。興味深げにファイルに目を遣る聡に構わず祖父は話し始めた。

「昔語りを少しするがね、僕は、大学に入って友達と言える男と出会った」

随分と昔の話ではないか。祖父、八十歳として、六十年以上も前。と、幾分呆れて横顔を見遣った。多分、その頃の話など初めて聞くのではないか。そう、祖父は、この旅を機に話したいことがあるのだ。

「関心を持っている作家が僕と同じだったんだ。泉鏡花だ。君は理数系だから、この手の話題は得手ではないかもしれないが、まあ聞いて。気が合って好みが似ていて、二人で話をすることが好ましかった。卒業論文で鏡花の作品を論じ合おうじゃないかなどと息巻いたりしたものだよ。まあ、結果から言えば叶わぬ夢だったがね。

大層な文学談義とまでは言えないにしても、互いの部屋を訪ね合って話し込んだものだ。尾張町から、僕の家のある主計《かずえ》町まで若い足には何て事のない距離でね。時には下宿の娘さんも加わって。それが暁子さんだった。

宝生《ほうしょう》流の先生が近所にいたから行き来があったせいだろう、暁子さんは能に関心を持っていて、鏡花の作品に登場する妖しい女性などを話題にしていると、『山姥』だの『卒塔婆《そとば》小町』だのを持ち出すものだから、少しずれながらも僕らが関心を寄せている鏡花の世界と、話が、嚙み合うんだね。時には『夜叉ケ池』なんて作品を、鐘楼守や文学士、池の主の姫などのセリフを三人で芝居っぽく回し読みしたりしてね。

友人も、彼女を好ましく思ったからこそ、声をかけたのだろうに。毎回ではないにしても、男二人の言いたい放題の部屋に同席を許すはずもなかったろうに。時が経ち、親しさのあまり、時折友人が、いかにも間違えたかのように暁子さんを呼び捨てにすることに許し難さを感じながらも、僕は友人の気持ちに気付かない振りを続けた。

正直に言おう。初めて紹介された時から、僕も好印象を持った。会うごとに思いは強まった。若かったのだね、若くて舞い上がっていたとしか言いようがない。彼の心の内が見えていなかった。見ようとしなかったのか。

卒業する年は、年末から降り続いた雪で、一月の北陸は豪雪となった。荒れると昼でも先を見通せないこともある雪道に、夜になって出歩こうとする人間はいない。

友人は、何故だろう、暗くなってから出かけた。風が出て吹き降りになると前が見えなくなる。方向を失う。彼は多分、雪国の本当の凄まじさを経験していなかったのだ。雪道に迷った。人家の途切れた小道に友人は雪に埋もれて倒れていたとか。

どうしたって緊急にはなりようのない凸凹した雪道を、それでもどうにか搬送されたそうだ。彼の懐の手帖から僕が知れて、電話が入った。こちらも這《ほ》う這《ほ》うの体《てい》でベッド脇に駆け付けたが、医者から肺炎を告げられた。重篤だと。

僅かの時間、目を開けた友人は僕を認めて、これだけを言って目を瞑り、それきり帰ってこなかった。

〝暁子を頼む。子供が……〟

衝撃を受けたよ、そりゃあ。彼は、暁子さんに告げられて有頂天になった。誰よりも僕にそれを伝えようとして雪の道に飛び出したのではなかったか」

祖父は、遠い目になって、しばらくは窓の外に顔を向けていた。

ごく若い時代の、劇的な場面が、たった今も頭の中を駆けているのだろう。

間をおいて、大きな息を吐いた後、祖父は話を続けた。

「色々あったよ。でも、どうにか彼を送って二ヵ月、卒業と同時に、僕らは入籍した。僕は、暁子さんを守りたかった。暁子さんの子供も守らなければならなかった。大切な人の大切にしているものは守らなければ。そうでしょう？　友人は、彼は、僕の気持ちに当然気付いていた。だから、なのか、でも、なのか、僕に報せに走り、そのことで、いわば〝節〟を通そうとした。当然だが、暁子さんは、どうでも子供を守ろうと決心していた。

友人を挟んで行き来を頻繁にしていた僕らの、この選択は第三者には『しょうがないなあ、今どきの若い者は』の類と受け取られたようだ。この変則的な事の進め方に訝しい思いはしただろうけれど、双方の両親も受け入れてくれたのですよ。なにしろ新しい命が宿っていたのですから。

月が満ちて、女の子が生まれた。和美、と二人で名付けた。君の、お母さんだ。

聡君、君ももう充分大人だから、頭を掠めたことがあるでしょう。暁子さんと僕が〝夫婦〟だったのかどうか。心配は無用です。仲のいい夫婦になりましたよ。少し時間はかかりましたが。ただ、子供は授からなかった、残念なことに。しかし、もうすでに娘が一人いるのだから充分だ、と僕は思った。好ましい女性と生活を共にできる。そして、そのお蔭で、今では立派な孫までいる」

差し出された茶を、旨そうに飲んで、祖父は口元を緩め、聡に頷いて見せた。

「ところが、つい先日、事が収まっていない人物がいたことを発見したんだ」

と、それがこれと指し示すように膝に乗せたファイルの上に掌を拡げて、吐息と共に言った。

「有馬温泉……」

「は？」

「また少し、長い話をするよ、聞いてくれ。

暁子さんが逝ってから五年になる。衣類だの装飾品だのは和美に見てもらって、欲しいものの使えるものは和美の手元に置くこととした。暁子さんが親しくしていたご近所や、お茶と謡のお友達にも和美のアドバイスで数点受け取ってもらった。残っているものは僕の思い出になるもの程度。

ところが書棚は共有していたから、ほとんど触っていなかったんだ。何個か文箱があったけれど、どれも地味なものでね、華美な模様や螺鈿《らでん》なんかの細工のあるものじゃあない。だから、目にたたなかったんだ。結果、放置、というか、棚に仕舞われたまま日をたてていただけ」

言われて聡は、祖父が書斎としている部屋を思い浮かべた。祖父の、いかにも時代がかった机の前に座れば、窓から浅野川越しに卯辰山が見え、ここからなら季節ごとの景色が楽しめる。壁面には本棚が並び、古色に染まった鏡花全集や関連図書が並んでいる。当然郷土史に絡む資料も豊富だ。

金沢市が鏡花の生誕百年を記念して制定した、〝泉鏡花文学賞〟を受賞した作家たちの作品も、聡が知っているだけでも唐十郎・澁澤龍彦・日野啓三・久世光彦等々。その後も毎年加わり賑やかな棚だ。

「この頃、和美がやたら僕の歳のことを口にするようになったものだから、多少は、その影響かね、つまり、下世話に言って、残りの年数を考えたりすることも間々あってね、それらしいことが書かれた本、高齢者処世本、的なのを棚から抜き出したりしたわけ。例えば、五木寛之の『大河の一滴』なんてのをね。暁子さんが買って、内容をかいつまんで僕に話してくれた記憶があったから、手に取ってみた。

そしたら、新聞の切り抜きがハラッと落ちたんだ。暁子さんが挟んだものだ。それは、この本についての地元の物書きのエッセイだった。

〝これは、花野の物語だ〟と書き出して、こう続いていた。〝人生の盛んな春や夏はすでに経験し、俗に言う、酸いも甘いも嚙み分ける知恵もつき、痛みや苦さにも黙って耐えられる年代にさしかかって、この先を考える時、その人の眼前に花野が広がっている。派手ではないが色とりどりに咲き競う秋の花の咲く野原に一歩踏み出す勇気、花野を行く決意、それを促す物語だ、と私は感じたのだ〟と、あった。

はあ、と思い、本の表紙に見入った目の端に、文箱が映った。暁子さんの文箱。引っ張り出して開けてみたんだ。

暁子さんの抜き書き帳が入っていた。あの人は、こういうことをする人だった。新聞でも雑誌でも、気に入った個所、気になった記事を切り取り、分別してノートに貼り付け、成程と感心した文章や表現を書き出すの。それが何冊にもなっていたけれど、果たして読み返したり人に聞かせたり、と、実際に使用したことがあるのかどうか。

ただ、この綴りだけは個別のクリアファイルに挟まれていた。有馬温泉を紹介する記事。相当以前の記事だと思うのだが。

君も、有馬温泉に出向くとなったからには、と、ネットを開いてみるくらいのことはしたでしょう。先刻ご承知というところかもしれないが、ほら、これは暁子さんが書き写したところ。雑誌から切り取った写真も貼ってある。広い湯船に浸かっている婦人が三人写っているが、湯から出ている肩から上しか見えない」

なるほど、ネットに紹介してあった通り、湯は赤茶っぽく濁っている。

「こんな風に書き出してある」と、文字が見えるように聡の前に差し出した。

〝日本最古の湯という所以は、大国主命と少彦名命《すくなひこなのみこと》の大昔

二神が有馬に降臨した際、効能を発見したという〟

「ここにはご丁寧に付箋が添えてあって……」

〝大国主命は少彦名命と力を合わせ、心を一つにして、天下を経営し、また、この世に生

きとし生ける人間と家畜とのために、病気を癒す処方を定め、また、鳥や獣、昆虫などに、噛まれたりさされたりする災難を免れるために、まじないの方法を定めた。このために、人民は今にいたるまで、みなその恩恵をこうむっている〟

（「日本書紀」神代の部　大国主神　別伝より）

「ね、几帳面な人でしょ暁子さんは。出典まで書いてある。『日本書紀』まで引っ張り出して目を通してみたようだね。僕も長いことぶりに手に取ってみた。現代語訳だがね。この項の後は高天原の使たち、と続くのだから、どこまで読み進んだものか。

そのくせ、笑ってしまうのだが、有馬温泉には三つの地獄がある、なんて添え書きのある石碑の写真も貼られている。〝炭酸地獄〟〝虫地獄〟〝鳥地獄〟。地中から噴き出す炭酸ガスで虫や鳥や、生き物が命を落とした場所のようだ。そして温泉そのものについては、この通り色々と書き出してある」

〝飛鳥時代には天皇（舒明・孝徳。いずれも西暦六百年代）以後、藤原家、その後には足利義満・豊臣秀吉、等々〟

〝承徳元年には大洪水
天正四年には大火
慶長元年には大地震〟

〃それら災害の都度救世主現る
奈良時代には行基
鎌倉時代には仁西《にんさい》
温泉興隆の一番の貢献者は、秀吉
（利休を引き連れ、有馬で盛んに茶会を開いた）〃
「ここにまた寄り道があってね、有馬籠のことが書いてある」
（秀吉が北政所に贈ったという竹細工の花入れ、ひさご籠とまゆ籠。ひさごは表千家、裏千家は、まゆ）
「土産にするなら、これ、と思ったのかね。そしてようやく次に湯の効能に移る」
〃有馬の湯は鉄分が多く、空気に触れると酸化して赤茶色になる。金泉とも赤湯とも呼ばれる九八度の湯を噴出する〃
〃また、三種の温泉がある。無色透明なラジウム泉と炭酸泉。金泉の湯は泥水のようにみえるが、肌触りはサラリとしている〃
〃金泉は鉄分を多く含むとともに、塩分も海水の二倍あるという〃
「聡君は山登りをするだろう？　山行の途中か降りてからか、温泉に入ることはあるかね」
「あります。平湯とか、新穂高とか、変わったところでは濁河《にごりご》温泉など」

「濁河とは珍しい。御嶽だね。木曽の、と歌われるが、御嶽は実際は長野と岐阜にまたがる独立峰だ。東日本火山帯の西の端になる。温泉の多くは、活火山にしろ休火山にしろ火山が泉源の活動に深くかかわっている。

ところが一方で、有馬温泉の湯は火山がすぐ近くにあるというわけではないんだ。その水源は瀬戸内海ではなく、はるか南方の太平洋ではないか、との説がある。泉源の温度が非常に高いのは、相当深い所に発し、長い旅をする間に地中のエネルギーを吸い上げたのだろうと。

しかも、ラジウムやラドンを多く含むのは地底に湧き出していたものを運んだのではないかとも。大げさに言えば、地球の歴史にかかわっている。歴史だよ、歴史」

祖父は一人で合点して、綴りのページを繰った。

「そして、朱でアンダーラインが引かれていたのが二ヵ所」

〝行基が開いた寺の一つ林渓寺の境内の梅「未開紅」は、にむしんの梅とされ、この梅の実を食べると、子宝に恵まれる〟

「と、その次」

〝有馬の湯は子宝の湯ともされたが、竹筒に湯を入れて腹の下を温める子宝上戸なるものあり〟

「ほら、ここのところ。僕は、びっくりしました。いや、そんな程度のことではなくて、胸に刺さるものがありました。暁子さんが、こんなにも悩ましかったのかと。多分、当初は彼女なりに僕への、いやこれは口幅ったいことだが、感謝と償いを心中深く思い描いていたのでしょうが、時を経て互いを思いやる夫婦になって、ごく普通の家庭を営むようになって……。僕が、僕がそれに応えることができなかったのですね」

祖父は、ほとんど目をしばたたかせているかのようだった。

聡は、先刻、語呂合わせのような「温泉」と「高天原」を結び付けて連想した自分の他愛のなさに思い至り、少しく恥じた。そして、祖父の、処しようのない痛みに、どう向き合ったらいいのかがわからなかった。

「僕には子供ができなかった。そのことで暁子さんと諍いをしたことはない。けれども暁子さんは痛んでいたはずだ。口にできない望み、僕には言い難い願い。そんなものをグッと堪え、それこそマジナイのように綴りに閉じ込めていたのでしょう。

和美の他に、もう一人でも二人でも子供が欲しいと暁子さんが願ったについては、もう一つの理由がある。それは僕が実の両親を知らないということです。新倉の両親は養父母なんですよ。君には遥か昔の話に聞こえるかもしれないが、戦争が僕らのような子供たちを作った。勿論、僕がここにいるのだから、親はいた。でも、どこの誰かはわからない。血の繋がりというものが僕にはないのですよ。それでも慈しんで支えてくれる存在があれば、この僕のように八十歳を幸運に迎えられるというものです。その証拠が僕ですね。

結婚しようとする時、暁子さんには、そのことは話しました。新倉の両親は苦労人で、健気な善人で、自分で言うのも面映ゆいが、僕を素直な人間に育て上げてくれました。お陰で今の僕がいます。ですが、普通には意識はしていないが、僕の内には空洞がある。やはり、執着はあったのですよ。いや、せめて……、という望みですか。暁子さんの、露わにはできない願いに触れてしまった時、僕は僕の負っている苦しみと向き合ってしまった。

もう、充分な歳ですから、何ができるわけでもない。なるようになる、としか。悲観ではないのですよ。受け止めていこう、と思うばかりです。

まあ、お笑い種かもしれないが、暁子さんの代わりに赤茶色の湯に浸かってみようと」

祖父は、それを言って、快活そうに笑い、近くに座った乗客の何人かの顔が僅かに動いて、笑い声の主を窺った。


電車は琵琶湖を左に見て、京都に向かっていた。

「敦賀は疾うに過ぎちゃったけれど、敦賀からそのまま西に向かえば若狭だ。若狭町に福井県年縞博物館というのがあるんだが、聞いたことはあるかい？」

祖父は唐突に質問してきた。

「年？　何て言われました？」

「ねんこう。年の縞、と書くんだ。つまり、湖の底に堆積したものによってできた縞模様のことだ。土は無論だがプランクトンの死骸、水の鉄分や大陸からの黄砂などが一年に一ミリに満たない層を作り、長い年月をかけて、それも数万年というから大変なことだが、形成されるのだそうだ。

若狭湾の三方五湖に行ったことはあるかい？　中で一番大きい湖が水月湖《すいげつこ》。水月湖には流れ込む大きな河川がなく、山に囲まれているから波が起こらず水がかきまわされることがない。深いので生き物が棲まない。そして断層の関係で湖底が沈み続けている。年縞形成の条件を満たしているのだとか」

怪訝そうな聡に祖父は言った。

「僕は、そのうち、その博物館に行ってみたいと思っている。突然何を言うのか？　という顔だね。年縞が展示されているそうだ。年縞を仔細にみることで、年代測定ができるだけでなく、その中に含まれる生物の痕跡を認めることもできるのだとか」

「つまり？」

「つまり、生物体としての姿を失っても、何らかの形で、かつて〝それ〟が存在していたことは、後代に示し得る、ということじゃないのかな。確かな証が、現にそこにあるってこと。まあ、僕らは誰もが、否応なく、そこに向かっているということではあるが。ね？」

言葉に困っているのを面白がるように話を続けた。

「帰ったらお母さんに言いなさいよ。おじいちゃんは長生きしますよ。したいこと、見たいこと、行きたいところがいっぱいあって老いる暇はなさそうだって。で、今日が第一弾、京都で降りて旨いものを食べて、バスに乗って一休みし、起きたら有馬の赤茶色の湯。太平洋の、地球の、ど真ん中からの贈り物に見参です」

この旅を決めた直後に見た妙な夢を、聡は思い出していた。読みたい本を前にしながら、身動きならないことに焦っている夢。「夢の話なんか」と、仲間は笑い、聞く耳を持たなかったが、あの夢の感触は自分の中に残り続けるだろうと思った。

むじひ

「若奥様、あたしに……、いえ、わたしにお尋ねになりたいことが、おありだそうで」

葉子《ようこ》が近づくのを見計らったように、ビルの管理人室の扉が開いて、眩し気に目が皺の中に隠れそうな柴田老人が顔を出した。

「いえ、ちょっとお話ししてみたいな、って。せんだっておばあ様のお部屋で、どういう話の続きだったのか、柴田さんのことになった時、つい口が……。そうしましたら、おばあ様が乗り気になってしまいまして。で、ご迷惑も顧みず……。あの、中に入ってもいいかしら」

「いいもなにも。ここは大野家のお家のようなもので。憚ることなど何もありません。御用でしたらあたしの、わたしの方から事務所にお邪魔しますのに」

「仕事のことじゃないんですよ。世間話を」

「ははあ、社会見学、ということでしょうか」

茶化すように老人の口元が緩み好々爺《こうこうや》の笑顔になった。

「まあどうぞ。殺風景で愛想のない部屋、あ、いけない、これは悪口じゃありませんよ、一応、仕事部屋ですから、ここも」

つられて笑ってしまった葉子を、事務用机が二脚並ぶ上座の椅子に座るように勧めた。殺風景とは言いながら、机の上のどうやら信楽《しがらき》らしい小瓶には淡い桃色の筒咲きの椿が一輪挿してある。目敏く葉子の視線の先に気が付いたか「うちの庭の侘助《わびすけ》をチョイと切ってきました」と、首を竦めてみせた。それから、常備してあるらしい茶道具を載せた盆を引き寄せ、茶を供しようとする。客に対してはいつもそうなのだろう。振る舞いにぎこちなさはない。慣れた仕草から、年期の深さが知れた。

「構わないでくださいな。仕事の邪魔に来たようなものですから」

「いやいや、仕事なんぞではありません。かかりつけの磯野先生が大奥様を定期的に往診してくださる日に併せて、わたしをも診て頂けるよう計らってくだすって。あたしは大奥様より四つ五つ下ですが、それでも世間的には充分な年齢でしてね。ご覧の通りヨボヨボしてますが、只今のところ特段気になるところは無いのですが……。

それで日を合わせて出社、と言いますか会社に寄せてもらっています。管理人室はわたしが長く務めさせて頂いた場所なんですよ。運転手詰所でもありますが、彼は今日は社長のお供で外へ出ております。この奥には宿直もできる部屋がありましてね。建築資材の搬送は、計画に従ってというのが通例ですが、現場の工事進捗状況に応じて、という場合もありますのでね、待機したり休憩したりもできるように考えられているのですよ」

簡単ながら案内にもそつがない。首を巡らして事務所内を眺める葉子に、「わたしは、そこの部屋で診てもらっています。随分な元使用人とお思いでしょう」と、次の間を律儀に掌で示した。

「何をおっしゃいます。わたくしは大野家に嫁いでから年数は浅いのですが、家族は皆、柴田さんのことを大切に思っています。それがわかります。だから、色々お話をお聞かせ頂ければと」

「いやいや、若奥様」

「あの、柴田さん、それは無しにしましょう。葉子、とお呼びくださいな。是非、そうしてください。そう呼んで頂ければ居心地がいいので」

「葉子さん……。今どきの若い人には珍しい、いいお名前ですね。綺麗なご婦人に相応しい名前です。それでは年寄りに免じてお言葉に甘えることに。

葉子さんも疾うにご存じでしょうが、今は息子が代替わりで、ここで勤めています。ご挨拶させたいのですが、倉庫の方にお客様がお見えですので」

「ああ、どうぞお気になさらず。わたくしが勝手に押しかけているのですから」

それでは、という風に軽く頷いて柴田は、急須を温めた湯を茶こぼしに捨て、秋田のものだろうか樺細工の茶筒から目分量で緑の濃い煎茶を急須に入れ、湯冷ましをして程良い熱さになったか、というタイミングで湯を急須に移し、茶碗に注ぐ。

茶碗も掌に温かく、適量に注がれた茶は、茶葉の香りがほんのりと立つ。甘露だ、と葉子は思った。

「このお茶は、あたしの好みでしてね、評判がいいのですよ。大奥様からもお褒めを頂いておりまして。馬鹿に良すぎてもどうかと思うけれど、いい加減なもてなし方をされると、御里が知れるというものですよね。他人様に対する姿勢、と言っちゃあ大袈裟《おおげさ》ですけど、器量が量られちゃいますから」

組織の弱点や欠点は、案外こんなところから見透かされるということもあるのかも、と葉子は想像した。

おばあ様の「何でも教えてもらいなさい」、の「何でも」とは、こういうことも含まれているのか。早速のご教示か？　と内心で思い、口元を緩ませた。この老人と話せば、家族の内では語られていない、幾つかの腑に落ちない事柄にも触れ得るのではないかという思いも兆していた。

老人から「大奥様」と呼ばれるのは、葉子の夫、邦彦《くにひこ》の祖母である。今年九十六歳になる。胃に疾患があると聞いてはいるが、だから磯野先生のサポートを得ているのだろうが、至って壮健そうに見える。大野家に嫁に入るに当たって、「八重《やえ》おばあ様は大野さんのお家の要のような方だから、心してお仕えするように」と、両親からも言い含められていた。八重さんのご主人、周作《しゅうさく》さんは何年か前に亡くなられたと聞いている。

邦彦の両親、父重雄《しげお》は大野金物の現社長であり、母は会社では経理を担当し、書類の整理などを時折葉子に手伝わせる。ゆくゆくは、の心積もりでもあろうか。二人は共に穏やかな人柄だ。この、葉子にとって姑になる人は、心得た人で、大姑より前に出ることはなかった。それがあたわった役割のように家事万端も穏やかにこなしている。新しい家族になった葉子が大野家に馴染むように色々教えることは、おばあ様に委ねられているような気がする。家事・家政は姑から、世知というか、世の中を渡る知恵とでも言えるものは大姑から、と、何とは無い振り分けができているようだ。最近、ようやく得心できつつあるところだったから、折ある都度、おばあ様のお部屋を訪ねている。

おばあ様からは大野家の歴史というか、成り立ちについて、おおよそ聞かされていた。大野金物は現在、金物全般を扱う会社に成長しているが、戦後間もなくの創業だった。金物を扱うようになったのは、戦争のせいだという。そのせいか、おばあ様のお話は、七十年以上前の戦争から始まることが多い。戦前は、現在の宅地周辺の田んぼの大半は大野家の管轄だったと聞く。つまりそれは地主ということだったのか？　もっと古くは庄屋だったのだろうか。

おばあ様はその辺には小首を傾げるので、はっきりしないが、そういうことには敢えて問いを重ねず、次へと促す術をこの頃になって心得た。

戦争に負けて、翌年には農地の改革が命ぜられ、年を跨いで早々には小作地の八割程度が手元を離れた。田畑は、そこで実際に就労していた小作の人たちの所有となったのだ。大野家の先々代、今では大奥様と呼ばれる八重さんの連れ合い、周作さんは、目端の利く人物だったのだろう。大きな転換に踏み切ったそうだ。

無差別爆撃などで国中が散々にいたぶられて終戦に至る年の八月、この地は大空襲で焼け野原になった。物の無い混乱の時代の始まりだった。住む家を失った人たちが町に溢れた。それぞれで家を建てることは戦後の混乱期には容易なことではない。大きさや個々人の使い勝手を云々する以前に、人は住むところを欲し、家族の安穏を何よりも優先するものだ。そういう見通しから、大きく割愛されはしたものの大野家は、自分たちの家に残された土地を分割し、当時はバラックとも称された簡便な貸家を大急ぎで十棟ほども作ったのだという。

そのあたりでおばあ様の話は二年、遡る。敗戦によって、国そのものが大変換に雪崩《なだ》れ込んだ大事について触れなければ。これを措いては何も語れない。この事態を招いた災禍については知っておいて欲しいのだ、とばかりに。

あの日、何機とも知れぬ戦闘機から焼夷弾《しょういだん》が地上に撒かれ、街は轟音と共に夥しい焔《ほのお》を上げ、田畑に近い郊外の自分たちの家にも火は移った。とにもかくにも逃げなければ。市街からできるだけ遠く離れた場所へ。焼け死ぬわけにはいかないのだ。

幼い頃の怪我で足に不自由を抱えた周作は徴兵を免れていたが、二つ違いの弟の誠二《せいじ》は召集されていた。送り込まれた前線のみならず戦場のことごとくの戦況は悪化を伝えられていたから、戦いの熾烈《しれつ》さは、国許での想像を遥かに超えていたに違いない。

そしてすでに、戦火は国内の各地にさえ壊滅的な被害を及ぼしている。山に囲まれた、都市というのも憚られる地方の市街が標的になるとは考えなかったけれど、何が起きるかはわからないものだ。周作は、自分が何としても生き延びなければならないと肝に銘じていた。家族が騒乱に巻き込まれるようなことになれば、家が途絶する。そのことを激しく恐れた。

万が一を考え、総代を務めている檀那寺《だんなでら》の万寿寺には予め、まさかの時には寺内の部屋を準備してくれるよう依頼はしていたし、なにがしかの食糧も預けてはあった。市街地から離れた山裾の寺を狙うことはよもやあるまいが。

もし不意に空襲に遭うようなことになったら。今、何をしておくべきか。持ち出すものは？　逃げるとしたらどの道を選び、どうやって？　逃げ果せたとして、その後は？　気持ちが急《せ》き、不安ばかりが先行し、考えも定まらない中で、力を揮《ふる》ってくれたのが、先代から長年家仕事を任せていた柴田親子だった。

火炎に追われるとしたら、持ち出せる物は、まずない、と考えましょう。体一つ、火の粉や熱風、飛んでくる瓦礫《がれき》から生身を守れる物だけで、できるだけ早く現場を離れることを考えましょう。とにかく足回りはしっかり。肌身に着けるのは貴重なものだけ。と、思い切りをつけさせてくれた。

そういう気構えにようやくなったところで、柴田親子は当座の食を賄う備えもしてくれていた。通常は蔵にしまうことは無い食糧や生活用品も若干ながら収納しておいた、と。

そして周作の両親を乗せるためのリヤカー。柴田親子がそれを二人で引いて走るための曳綱。走ることが難しい周作には、自転車を準備していた。八重一人なら荷台に乗せて漕《こ》ぐことはできる。車はあったが、夜ならば、そのライトが標的にされる恐れがあった。

八月二日。果たして、夜が明けきれぬ未明、それらは轟音を上げて空に迫った。周作と八重夫婦を急き立て、大野の両親をリヤカーに乗せて布団で姿を覆い、柴田親子は懸命に走ってくれた。

寺の敷地に駆け込んだ時、近隣の村からの避難者等も群れていて、遠い市街を燃やす焔の高さと想像を超える広がりに悲痛な声を上げ、怯えた顔で天を見上げるばかりだった。

寺に駆け込んだ柴田親子は、汗みずくになった体を庭先に投げて背を波打たせていた。なんとかここまでは無事に着いた。落とされまいと必死にリヤカーの柵を握りしめてきた親二人も放心したように周辺を見回していた。逃げることができたのだ。

有難かった。柴田の父と息子、彼らがいなければ、今日という日は無かった。以来、周作と八重は、その恩をついぞ忘れることはなかった。

八重おばあ様の昔語りは、とんでもなく昔に帰ることがあり、特にこのくだりは何度も巧みに繰り返されたから、全く戦争を知らない葉子の頭にも、ずっと昔の切羽詰まった場面が過ることがある。特に、その当時はまだ少年に近かった、現在の柴田老人に、親しみ以上に信頼に近い感情を覚えもした。

一夜が明け、炎がようやく鎮まったかに思える頃合いに、恐る恐る家のあった場所に戻ってみた。あの、大屋根を頂いた母屋の姿は消えていた。焼け焦げた柱が薄い煙を上げるだけの光景には、立ち竦むしかなかった。しかし、庭に設えてあった池と、二棟の蔵は残っており、それらが火炎を遮ってくれたせいだろう、敷地の端の離れが無事だった。蔵の中は？と確かめようと歩み寄った周作を、柴田の父が大急ぎで止めた。蔵の扉を開けるのは、数日待たなければならない。熱気を籠らせた蔵は、扉を開けるや否や火を噴きます、と。慌てて後退った周作は、涙目になって柴田を見た。またしても援けられた……。

ひとまず皆で、離れの燻《くすぶ》った畳に座り込んだ。生き残れた……。が、この先が肝心だ。

「この運。生かしてくれたこの運は、摑まなければ」と、周作おじい様はおっしゃったのだという。

「戦争が終わりました。ここからが再生への道」とおばあ様は背筋を伸ばされた。

住む人もいなくなった家々の焼け残った廃材を集め、放置されたままの鍋・釜・竈《かまど》・包丁などの生活用品や、鍬《くわ》・鎌といった農具、そして家を繕う時には欠かせない鋸《のこぎり》や玄翁《げんのう》といった工具や釘《くぎ》を拾い集めた。そうそう、釘抜も必要だった。そこら中に転がっている柱や板から釘を抜いて、その釘さえ商品になる。鉄梃《かなてこ》を使えば女にも仕事ができる。

駅前に設けられた市場、そこはやがて闇市場と呼ばれ、八百屋・魚屋・下駄屋・下駄の鼻緒屋・薬屋・電器屋など、急場に間に合わせる商品が少ないながら並んだそうだ。それに、金物屋。店舗代わりの戸板に載せて捌くような商売が続いた。

「生きるために必要なものは必ず売れる。この確かな手触りが、やがて事業に繋がっていったのですよ。空襲に遭わなかった近隣の市町村から、逸早く買い集めた金物をもとに、それはまだ小さな商店としか言いようのない呈のものでしたが、『大野金物』をスタートさせました」

柴田老人は、大野家が地主であった頃から代々仕え、商店に変換してからは番頭さん、会社組織になってからは安全対策業務などを担ってきたという。傍ら、大野家の内向きな雑務を捌いてくれていたと聞かされている。会社とは切り離してある、例えば内々の交渉事。貸家の管理、契約期限の不履行への対処、家賃滞納の始末、個々の町内行事への対応……。数え上げれば際限も無いかに見える、それらを一つずつ潰していく得難い能力を有していたのだと。

「内のことは、ほぼ心得ているし、取引相手の様々な情報を押さえていてくれる、大野の要のような人」と、おばあ様が言いきるほどに。が、一見すれば、黙っていれば、歳が歳で、すでに好々爺としか映らない。

そんな風に柴田老人を評価する、おばあ様本人も、町の至る所、様々な職種の人たちと交流があるのだと、姑が嘆息しながら話してくれた。どちらも九十歳を超えた二人の突出ぶりは、二人が生きて培った時代の賜物なのか。

「管理人室は大抵暇だから、世間話でもしてくるといい」と奨《すす》める意図は、こうして供されたお茶一つとっても、蘊蓄《うんちく》というか、精神論というか、を教え込もうということなのか。

それも無いとは言えない。が、ご自分では言い難いことを、柴田老人に託そうとしているのではないのかと、勘繰ってしまうような感触が時折胸を刺す。何だろう？　と思う。

折を捉えて姑に水を向けるのだが反応はない。

「おばあ様は、何かずっと気になることがおありのような気がするのですけれど」

「家のこと？　ないない。平穏なものよ。会社のことで、あなたが何か気にかかることでもあるの？　あるなら邦彦に聞いてごらんなさいな」

大野金物は今や家庭用の金属製の器具・道具類を扱うだけでなく、鉄鋼・建材など建築資材全般を動かす業者に成長している。不況は何度かくぐったが、その都度耐えてきた。まずは健全な成長企業の道を歩んでいる。舅も姑も、夫までもが葉子の根拠のない疑問符を却《かえ》って不思議がる。元より波風を立てる気など葉子は持ち合わせていはしない。が、気になるのだ。

おばあ様との他愛ない会話の折、今では冒険譚《たん》のように聞こえることさえもある、戦火を潜ってリヤカーを曳いて走った柴田少年のくだりで、おばあ様に、ふと何かを思い出す素振りが窺えるのだ。視線が遠くに飛ぶ。ほんの一瞬のことだ。葉子が小首を傾げると、「あ」と気付いて「そんなこともあった。今では遠い話」と、けりをつけてしまう。

ある時、数年前に亡くなられたおじい様の終戦直後の立派な決断の話になった時、葉子は聞いた。ほとんど話題に上らないおじい様の弟、誠二さんのことを。

「ああ……、誠二さん。悔しいのよ。折角シベリアから引き揚げてきたのに、体を壊してて、郷里に辿り着いてすぐ亡くなったのよ」

根拠はなかったが、つい今しがたまで語っていた、火の粉を避けながら走る少年の姿と、不運で不幸な義弟の姿がダブるのか、どう繋がるのか、と、葉子は首を傾げる。このことは、こちらから話題に乗せられることではなかったと、悔いはしたものの、疑問が後を曳いた。

こんなことも何度かあった。電話の来信音がして間もなく、三時の茶を部屋に運んできたお手伝いの大島さんに、「誰から？」とおばあ様がお訊ねになり、「篠原様です」の答えに「そう」とだけ応じて、また先刻までのお話にお戻りになる。最初は気にもならなかったことが、そうしたことが度重なると奇妙さが募ってくる。

　大島さんに、「電話に出なくてもよろしいの？」と後からさり気なく聞くと、「電話機の表示板に名前が出るようになっております。どなたからか、が分かればよろしいのだそうです。ただ、電話があったことは、ご報告することになっております」の返答だった。取りたくない、聞きたくない電話なら、電話の機能選択の「お断り番号リスト」に設定すれば済むことだが……。

　と、すれば、大島さんが報告してくる以上、それはおばあ様へのメッセージなのではないかしら。そういう取り決めが必要なことなのであれば、葉子も心得ておかなければならない。このことと、おばあ様の、あの〝遠い目〟には、関係があるのでは。葉子は、自分らの世代からすれば理不尽にも思えるあの遠い日の戦いを、しきりにお話しされようとする、おばあ様の心の内に残したものに、もう少し近寄りたいと思った。そして、おばあ様の側にも、あの時代から最も遠い所にいる葉子には知らせておこうという思いが湧いたのではないか。

「柴田さんと話してみたいというのなら、連絡は入れてみましょう」

　非常の時に、汗まみれになって、リヤカーを引いた奉仕と善意の人の、その後の話が、孫の嫁の理解を得られるものかどうか。理解できないまでも、事実を知っている人間の、一人はいてもいいのではないか。それがおばあ様の判断だったと、後に葉子は思った。

「おいしいお茶でした。アッという間に頂いてしまいました。もう一服、頂戴できますか。柴田さんもご一緒に」

頷いて老人は、新たに茶碗を二個盆から取り出し、先刻と同じように茶を淹れ始め、「大奥様にかかる電話の話、ですね」と、窺うように顔を覗き込んだ。

「エッ？」と顔を上げて目を瞠《みは》る相手に、ついに堪えきれぬように小さく笑い声をたてた。おばあ様にはお見通しだった。電話についての不審は、話してはいなかったはずだが、おじい様の弟さんについてお聞きしたことと、その疑念が関係があるということが、端無くも知れた。おばあ様の内では、それが一本の太い線上にあることの証左だった。そして、そこには柴田老人が深く関わっていると。

「いただきます」

「はい、どうぞ」

先程と変わらぬ美味しいお茶だった。柴田も一口啜り、茶碗をゆっくり下ろした。

「篠原さまから電話が入りますと、大奥様から連絡がきます。

始めは世間話で。まるで葉子さんのように。そうですよ、世間話が本題なのです。あたしは万事承知して電話を切ります」

「はい？」

「それから、篠原様を訪問します。昔々、大野家が作った貸家、ほとんどが今は別の人や別の会社の家・土地になっていますが、二戸だけ大野家の持ち物です。建て替えられて今風になっていますが、二戸の内の一戸にあたしと家族が住み、残りの一戸の住人が篠原様です」

事情が絡み合っている。つまり？　と疑問符が頭を占める。隣り合っているのか、離れているのかはわからないが、互いに知らない相手ではない。大野家所有の家二つのそれぞれに二つの家族が住み……。いや、そもそも両家とも、大野金物でもなく大野家本体でもなく、おばあ様との係わりで繋がっている。それって……。

文脈がなかなか通らないが、「これって……」と、葉子は老人の顔を真正面から見つめた。

「篠原様は今年、七十三か四歳でしたかな」

何故、年齢の話になる？　曖昧に「はあ」と答えながら、舅もそれくらいだったか、と、ふと思った。だから？　と、また頭が混乱し始めた。会社が軌道に乗るまでは、と、舅の重雄の結婚は遅かった。葉子の夫の邦彦が三十四歳だから、四十歳直前の時の子……。

「篠原さんとおっしゃる方は、私共とどういう関係なのでしょうか」

「縁戚とか親戚とかいうことではないのですよ。ただ、誠二様とのご縁なのです」

「おじい様の弟さん。早くに亡くなられたという」

残りの茶を飲み切ると、老人はちょっと、姿勢を正した。

「昭和二十一年十二月に、シベリアからの引揚船が舞鶴港に到着したのだそうです。でも、家に照会があったのは翌年の春でした。誠二さんは胸を患われておいでで、舞鶴近辺の病院に入っておられたそうです。小康を得て列車には乗ったが、道中で体調を崩され、これはもう、と覚悟された時、乗り合わせた女の方が、随分面倒をみてくださったそうです。

その上、途中下車をしてくださったそうで、誠二さんのメモを頼りに家を訪ねてみえたのです。誠二さんは動くこともすでにできず、駅舎で休ませてもらい、その女性が市内を探し廻ってくれたそうです。なにしろ空襲に遭っていますから、町はもう方向も取れない状況で。よくぞ訪ね当ててくださったと、大旦那様も、大奥様も、そりゃあ、お喜びでした。旅先での御用もおありでしょうが、時間が取れますようなら、しばらく逗留《とうりゅう》してください、と丁重にお願いされたそうです。お礼も準備したいし、と。

ですが誠二さんが親元にいられたのは数日でした。本当にお可哀そうなことでした。でも、ご両親は、僅かでも言葉を交わすことができ、遠い戦地ではなく自分たちの傍で逝ってくれたことは得難いことだと、深く嘆息しつつも気持ちを収めておいででした。周作さんも八重さんも同じ思いでいらしたでしょう。

そして、件の女性を、なんとか捻出した、お礼の金品を添えて送り出そうとした時、その人は、実は自分は行く当てがないのだ、と言われました。ここに置いてくれ、と。

息子に示してくれた親切には心から感謝するが、それは道理に合わないと断りましたら、こんな口説で牙を剝いたのです。

「〝どことも知れぬ道端で骸《むくろ》になっていたかもしれないものを、親切に連れてきてやった人間に、それがする態度か〟と。もっと穢《きたな》い言葉も吐きました。必死だったのかもしれません。彼女も生きるために」

「怖いお話ですね。恐々とした時代が、切羽詰まった人間を、いけないものに変えたのでしょうか。で、どうされたのでしょうか大野家では」

「ああいう混乱の時代ですからね、人の心も荒れるのでしょう。何か事情があって家を出るか出されるかして、行先のないまま汽車に乗ったのでしょう。そこでたまたま自分より弱い立場の人間に出会ったのですね。誠二さんへの親切は、これは本当に同情と心配がさせたことでしょう。そのように善意に理解しようとしたのです。だから、落ち着くのを待って、相談に乗ってあげたのです。これは大奥様が差配なさいました」

「おばあ様が。やはり」

「だんだんと呑み込めてきますでしょう？」

「まだ、ちょっとだけ」

「ははあ、その後ですね。その女性の名前が篠原さんです。篠原タミさん。大野家の貸家の一つに入って頂きました。病院の食堂の賄いという職も見つけてあげて」

「職を探してあげたのは柴田さんですね」

「まあ、そういうことで、その時は父が。ところで、篠原タミさんについては、もう一つ……。あの人は身ごもっていました」

「エッ、それは……」

「誠二さんとの関係を、チラと思われたでしょうが、本人も、こちらの出方次第では使える手だと、あるいは思ったかもしれません。しばらくは無言でした。ですが間もなく、亡くなった前夫篠原との子だと話し始めました。ひょんなことからこの地で折角得た居場所を、子供のためにも失いたくなかったのでしょう。しかし、全面的に信頼するのは如何なものかと、こちらでは考えていました。

　どこからともなく飛んできて、病んで傷んで動けなくなった相手に針を刺して餌にしようと一瞬でも考えたに違いない人間を、大奥様は許せませんでした。ご両親や周作さん以上に心底嫌っておいでで、身辺に近づけることはされませんでした。お会いになることはありませんでした。その時もそれ以後も。その訳は、もう少し後でお話ししましょう」

老人は、つと席を立って、湯を沸かし、ポットの湯を替えた。話は長くなるということだろう。所望されれば、また、温かいお茶を出せる。

「ただ、誠二さんと会えたことへの恩義は、お忘れにはなりませんでした。これは家族にとっては他に較べられない大きな出来事でした。誠二さんにして差し上げられなかった様々な事。その片鱗でも、と思われたのでしょうか」

「篠原さんのお子さんというのが」

「そう、電話をかけてくる男性です。タミさんにもそうでしたが、大奥様は保《たもつ》さんにも、お会いになりません。保さんが大学を出るまでの学資の援助、タミさんが亡くなった折の葬儀費用の援助。突き放すことをしなかったのは、保という人の存在です。眼の届くところに二人を置いておく必要があったからです。タミという人は言い出しかねなかった。不穏な仕掛けを企むことのないように、と。気掛かりだったのです。

大奥様が神経質になったのは、自身のお腹に命が宿っていたからです。後の重雄さん。葉子さんのお義父さんです。大野金物の大黒柱。

誠二さんの節を守り、一方ではご自分の息子重雄さんの行く末に不都合の起きることのないように計らうにはどうしたらいいのかと」

「なんということでしょう」

堪らず、お茶をお願いした。

「刺すぞ、刺すぞ、と顔の周りを飛び回る虫がいたら、どうされます？」

葉子は自分の頬を軽く叩く真似をした。

「蚊、なら、こう」

「針を持つ蜂か、気味の悪い蛾《が》なら？　潰してしまうか、追い払うか、網で捕らえるか。潰さず、追い払うこともせず、宥めて静かにしてもらうか、です」

しばらく二人は黙った。老人はかつてを思い出しているのだろうが、葉子はただ、戸惑っていた。

「相手の立場になってみれば、労力をつかわずに得するためならば、ある種の虫のように、より力のある者に寄生することです。大奥様はそれを許しました。

生まれつきか、育った環境のせいか、タミさんが身に付けてしまった傾向に気がつかれたのです。困りごとや注文があっても、訴えることのできる相手が常にいれば、生きることは容易い。

そういう生き方に徹してしまえば、悩むことはない。頭を使う必要はないのです。その結果が、時たまの保さんの電話です。独りぼっちなのですよ。保さんは身近に訴える相手がいないのです。電話は何故、大奥様になのか？　この境遇をつくったのは実の母。それが維持できているのは、誰の所為《せい》なのかを知っているからです。〝誰の所為〟などと責任を転嫁する知恵は、保さんには当然あるわけです。そして……」

柴田老人は、そこで大息を吐いた。

「タミさんが亡くなった時、大奥様は万寿寺の墓地に〝篠原〟の墓を、小さなものですが建てました」

「何故、そんなことまで？」

「大奥様は深く傷ついておいでです。人二人を、考えることをしない人間にしてしまったのではないかと。最終的に選び取ったのが相手方だったとしても、この状態は、と。ですが、今となっては致し方のないことです。こちらが選び、あちらも選んだ。どちらもその結果を引き受けていくしかありません。

大奥様は、これからを拓く邦彦さんと葉子さんに、こんなこともあったよと、知って欲しかったのでしょうね」

時計を見上げながら、柴田老人は思い出したように言った。

「万寿寺と言えば、大奥様は碑を一基、お建てになりましたよ」

「ひ？」

「石碑の碑、です」

「はい」と応じはしたが意味がとれない葉子に、手で大きさや形を示しながら、老人は言った。

「人の丈ほどもない大きさです。碑面には何も彫られてはいません。〝無字碑〟と呼ばれますそうで。もう言うことは何もない、ということのようです」

Ⅲ　無言歌

闇浄土

薄っすらと障子が明るい。四月も末になれば、午前四時を過ぎた頃にはカーテンの隙間を縫って遠い光が届き始める。

美佐《みさ》が眠りから覚めるのは、大体三時半前後だが、枕元の時計を確認してからしばらくは目を瞑ってゆっくりする。待つわけでも構えようというわけでもない。布団の中で暖かさを楽しんでいる。味わっているというか。時には直前に見ていた夢を反芻《はんすう》したりもする。

やがて、自宅からそう離れてはいない公園の樹の辺りから、棲むのか飛来してなのか、キジバトが、くぐもっていながらどこか艶のある鳴き声をたてる。

この声は何故だか湿り気を感じさせる。昔、随分な昔になるが、子供の頃住んでいた山の中にあった家から遊びに出ようとすると母が奥から声をかけたものだ。

「キジバトが鳴いたら雨が近いから、早く戻るんだよ」

実際に、その鳴き声の後で雨に遭ったのかどうかは記憶にない。が、いまだにホッホーの声が聞こえて来ると、ぼんやりとだが当時が過り、なんとはなしに口元を緩ませている。他愛のない子供時代の空気感が胸を温かくする。

そういう感慨にのんびり浸っていられる身を、長閑なものだと美佐は思う。この時間の得難さ。ひねもす、では勿論ないが、この〝のたり感〟を、いにしえの俳人の句と思い合わせては、可笑しみを感じつつ寛いでいる。

頃合いに、流石に活字を追うほどの明度はいまだ部屋にはないからスタンドを点け、読みさしの本をベッドサイドテーブルから取り込む。横になったままページを繰るのに慣れてしまっている。単行本、しかもハードカバーのものが気に入りだ。

顔の横で開いた本の硬い表紙が、当てがった手首に喰いこむため、リストバンドを用意してある。それと、本にはそれぞれ、厚さ大きさに合わせて自分で作ったカバーをその都度かけるのが常だ。本の角が擦れたり、何かの拍子に傷ついたりするのを避けるためだ。

昔、学生の頃にも似たようなことをしていた。表紙カバーや帯を、傷つけないように細心の注意を払ったものだ。

女子学生ながら読み終わった本を古本屋に持ち込んで、幾らかでも高めに買い取ってもらおうと。けれども今は、無論そういうこととは違う。かつてのやり方が、懐かしいという以上に、大真面目にそんなことができた幼さが愛おしい。

本は綺麗にしておきたい。読みたくて読んだ本は、自分と時間を共有しているからだ。神経質などとの嫌らしいことではない。病的なことではないのだ。ただ、大事にしたいと思う。寝起きに本を引き寄せるだけではない。勿論、昼間にもたっぷり時間を取って机の前に座る。その方がしっかり読めるし、メモを取ったり、資料を見ながら確認もできる。時には年表や地図を脇に置いて。読後の〝抜粋帳〟が何冊にもなっていて時折確認のため、ノートのページを繰ることもある。

だが、布団に入って読む時間は至福というもの、と美佐は独りで頷く。好きな作家の作品を読みながら、それが可能なのであればのことだが、そのまま逝ってもいい、とまで思う。いや、そうなりそうな気もしないではない。七十半ばになったばかりで、年寄りなどとは、ついぞ思わないが、そんなことが起きても不思議ではない年齢に差し掛かってはいる、と微かな自覚がないわけでもない。

何を読んでいるのか。気になる作家、気になるテーマ。それらの情報は新聞の図書紹介やら、現在読んでいる作家の別作品やら、割合、関連付けで選んでいる。芋づる式、の態か。雑誌をベッドで読むことは滅多にない。そういう気怠《けだる》いような時間潰しの、雑駁《ざっぱく》な本読みではない。書き散らしたものは気に障る。我儘《わがまま》な読み手だろうが、それでもいい。

終盤に近付いた小説の活字を追いながら、ふと、昨日かかってきた電話を思い出していた。

美佐は、十一年前に夫を亡くしていた。夫、藤森恵一《けいいち》が携わっていた事業の、部下というか実質、共同経営者であって、そして、それ以上に近しい間柄の鶴巻直也《なおや》からの電話だ。

つまり、美佐の独り暮らしは十一年になる。息子はあるが、美佐の実子ではない。息子の大介《だいすけ》は、前妻の子供で、美佐が後添えに入った時は十歳。以来、大介が結婚を機に、別に所帯を構えるまで一緒に暮らした。

同じ市内のことでもあり、家族で、あるいは一人で折々訪ねて来る。現在は、父親が興した会社を引き継いでいる、社長職は大変だと、こぼす。愚痴も自慢話も聞いてやる。どうやらそれも息抜きになるようだ。

件の鶴巻は藤森家には格別な思い入れを持っていて、夫の月命日の前後に訪ねて来るのを常としていた。

鶴巻も会社を離れて久しいわけだが、年忌の七回忌までは、社内での専務だったという立場上、当日に顔を出した。社員や関係者と同席して挨拶を交わしたものだ。

が、この数年、命日そのものを外すのは、彼の個人的な感情のせいである。そのことを、美佐は口に出すことはしないが、暗に承知して迎え入れている。

一人で手を合わせたいために、わざと日をずらして能登から車を飛ばしてやって来る。そういうわけで、毎月、顔を出すことになるのだ。

夫は仕事柄、付き合いは広かったが、気を許した友人は多くはなかった。その心底には、他を容れることを阻む、あるいは、距離を置きたいものがあることを、鶴巻も美佐も心得ていた。今でも、その辺りに触れることはしない。素知らぬ振りをしている。

仏壇の掃除をしておこう。庭に今、何が咲いていたっけ。利休梅、黄梅、白山吹、それに何種かの水仙……。ざっと思い浮かぶだけでもそれくらいは花をつけている。庭仕事にかかる時分だと、美佐は起き上がった。

身仕舞をしながら、一体何だろうかと、また考えている。鶴巻は、予定を告げた時に、こうも言った。

「明日、お邪魔しますよ。今回はお見せしたいものがありましてね。気に入ってもらえると思いますよ」

鶴巻は美佐よりも年上で、かつては上司でもあったのだが、今は社長夫人に対しての言葉遣いになっている。位階でも年齢でもなく、大切な人の連れ合いとしての姿勢だ。

仏前に、ということではなくて、それは美佐への土産ということなのだろう。手土産は毎回、干物だの芋菓子だの、と、気の張らぬものが多い。土地で「いしる」と呼んでいる魚醤など手軽な物を持参することもある。すると、今日は目先の変わったものを持ち込もうと目論んでいるな、と想像はした。

丁度、小説も読み終わったところだ。鶴巻の登場と、何かしら符号するところがあるような、と、思った。いや、敢えて今回の本を読んだのかも、と胸の内を探っている。

最近気になっている作家のものだ。なかなか手にすることができなかったのだが、図書館でその作家の全集があることを知り、借り出したのだ。

大正時代の初期に新聞に連載された短編だそうだ。作家にとっても若書きのそれは、まだ青年とさえ言えないような若い男二人の物語だ。二人してあわや崖下に身を投じるばかりになった、心の高まりというか、沸き立つ感情を書こうとしたのだと思われるが、美佐の頭の中の疑問符はどうにも解けないまま。死を思うまでの昂《たか》ぶりが美佐には解せない。解せないまま読もうとし、少し無理して読んで、結局閉じざるを得なかった、というところだった。

そう、次は、このところ捉われているものとは異なる、ある本を、枕の横に置いてみようかと、考えている。

つい先日、行きつけの書店に入ってすぐ、足が止まった。先頃亡くなったことで、追悼の意味合いであろう、書店の入り口正面の平台に積まれた、哲学者梅原猛の何冊もの著作だった。

「梅原」の名前を見た時に過去の、ある場面が一瞬閃いたのだ。「エッ？」と我から驚くほど鮮やかに、一人の女性の姿が脳裏に映った。

思いがけなかった。何十年も前のことが蘇った。そのことに、狼狽《うろた》えに近いものを感じた。気にすることなど、とうになくなっていたはずの出来事が、長年月を経て、なおこうまで刻み込まれていることに気付くとは……。

その場では、それらの本の一冊も手に取ることをしなかった。気持ちが急いた。確か手元にも梅原の本が一冊あったのではなかったろうか。

帰宅してから闇雲に本棚を探し、目立たない隅で、変色し、埃を被ったそれを引っ張り出したものだ。

『塔』と題された一冊。一九七八年九月発行の九刷目。四七〇ページの分厚さだが、定価は九六〇円とある。現在の感覚からすると異様に安い。初版が七六年六月とあるから二年弱の間に大層に版を重ねたものだ。随分読まれたということになる。

ところが、訝しさが先にたった。手元にあるこれは、いつ、どこで入手したものだろう。

そもそも何故、この本を求めたのだろう。不確かながら本があると覚えているという程度でしかないのでは、七八年当時に、新刊でということはあるまい。随分以前のことだ。古書店に出向いたのだったろうか。あるいはたまたま売れずに書架に残っていた一冊を手にしたのだろうか。その辺がはっきりしない。

しかし、うろ覚えとはいうものの、これがどこかにあるという気がしたことには驚いていた。どちらかと言えば気楽な性質で、都合よく大抵のことは忘れてしまうのだが、何故だろうか。かつてを手繰ってみたくなった。

二十代の初め、余儀ない事情で大学を退学せざるを得ず、帰郷し就職した美佐は、地域の小さな出版社に勤めることができた。「越州舎《えっしゅうしゃ》」という会社だった。

印刷会社から出版事業に乗り出したばかりの「越州舎」は、実は周囲からは、先行きに不安のあるスタートと懸念されていた。

新しく社長職についた藤森は三十歳そこそこで、前社長の娘と結婚することで会社を譲られた。ところが、経営には素人だと下世話に噂されていたのだ。ましてや、地方での出版業などと。

だが折柄、景気は上昇傾向にあったせいか、製造業を中心とする地域の特性もあって、会社群に社史発行の気運が持ち上がっていた。計画策定から出版まで依頼が相次いでいたそうだ。

無論、美佐にその辺の事情が呑み込めるわけもなかった。それと言うのも、一方で真逆に、世の中の流れがそんな状況にありながら、美佐の父は経営者として破綻していたのだから。

「何故?」の違和感が拭えなかった。営んでいた酒類販売会社を畳まざるを得ず、更には借財のため生活に窮してさえいたのだ。

郷里の能登半島の突端の村から勇躍して、町場に店を構え、会社組織にするところまで行きながら躓《つまず》いた。

順調に見えながら、勢い込んだ分、相当な無理を重ねていたのだろう。予断を許さない事態にあることなど、娘の美佐が気付くはずがなかった。借り入れが経営を圧迫していたところへ、取引先の倒産の煽りを受け、為す術がなかったということだ。時に、債権者から身を隠すということもあったようだ。

この突然の暗転と落差に戸惑うしかなかった美佐としては、学業を中断せざるを得ない状況に打ちのめされていた。

だが、挫折感に捉われつつも、家族の窮状に、無い知恵を絞ってでも対処しなければの気負いもあり、妙に宙に浮いた状態だった。そんな中、越州舎の求人に折よく出会うことができ、流れに我知らず乗れたということになる。幸運だった。

「越州舎」と看板を掲げた藤森社長は、出版業としてのノウハウを強化した。体裁を整えるためもあって、都市部の出版社からそれなりの人材を派遣してもらったらしい。

大学か印刷会社の関係か、然るべき伝手はあったのだろう。引き抜いたか、何かしらの情実が働いてのことか。そうでなくて乗り出せる業界ではなかったろうと、後になって美佐は、創業時の苦闘の片鱗を推し量った。

桂木という、社長とほぼ同年の男性は、千葉に妻子を置いての着任だった。子供の教育の関係で単身、と聞いていた。

着任というか、転任というか、名刺を二種類持っていると、こっそり耳打ちする者もいたから、もともとの会社にも籍を残しての変則的な異動だったのかもしれない。

名刺を使い分ける真意を憶測するなら、この地に骨を埋める気は、てんからなかったものと見える。まあ、それでもいいと社長は踏んでいたのかもしれない。会社が軌道に乗れば。まずはそれから、と。

越州舎には従来から勤務していた女子社員の他に、その年、新たに事務社員として、もう一人女性が採用されていた。

その橘恭子《たちばなきょうこ》も二十歳で、同い年の仲間ができたことを美佐は喜んだが、恭子には人と距離を置きたがるような風情が見えた。初対面の挨拶で、「橘です」と浅く頭を下げた恭子は、目を合わそうとはしなかった。まるで、長居をする気はないかのような素振り。短大を出たという彼女は、あの時代、それが普通だった〝就職は結婚までの腰掛〟を絵に描いたような、の印象を美佐に持たせた。

他の人とは違うという思い込みは、会社に出入りする業者や客筋の誰もが軽口に「お、鄙《ひな》には稀な」と声をかけて歓心を買おうとするほどの美形のせいでもあったか。本人も充分それを自覚しての態度なのだろうと、美佐は微かな不快を感じはしたものの、胸に仕舞った。

美佐にはそうしたことに関わり合う余裕はなかった。暮らしを支える。それが第一と、考えるしかなかった。できることは限られている。親が子供にかける負担をできるだけ小さくすることだ。自立しつつ、父のこと以上に母の悲観を和らげたいと思ったものだ。目先のことをまず考える。それしかなかった。

自分の将来に夢を持つことがあったのかどうか怪しんだ。仮に束の間でもあったとして、それを自らの手で折らざるを得なかったろう。

制約や、背負っているものの重さを、外に見せることは極力避けた。嘆いて見せたところで何がどうなるものでもない。

自分を水底でひっそりと生をつないでいる小魚になぞらえることもあった。今から思えば痛ましいばかりの、いわば美佐の覚悟、と言い得るものだったか。だからそれが、取っ付きの悪さと受け取られたこともあったかもしれない。

一方で恭子の素っ気なさは、出入りする男たちの、その手の軽薄さを嫌悪するせいでもあったろうか。

調子よく話を合わせることができない。つまり、サービス精神にやや欠ける同期の二人は一見、似た者、のように噂されていたこともあったようだ。

なにしろ、美佐は実のところ酷《ひど》くめげていたし、だから一層肩を怒らせてもいた。その美佐にしても、時折ならずに覗く恭子の傲慢とも取れる態度には、退く思いはあった。自然、言葉を恭子に対して選ぶようにはなっていた。


仕事を始めて七、八年くらいは経ったか、その間に出来事は幾つもあった。

会社は地道な働きかけが奏功して地域に充分認知され、各種情報を発信・提供する役割が定着していた。

個別の企画出版の他、まだ小冊子の域を出ないが月刊誌も読者層を摑んで徐々にその層を厚くしていた。

まずは社業は、ほぼ目論見に近く、軌道に乗っていると社員の立場からは映っていた。編集要員として、社長は別に一人の男性を入社させていた。大学の後輩だという鶴巻直也は大柄だが、当たりの柔らかい男だった。先輩社員の桂木とは違うところが多かった。桂木が攻めの営業で、硬、だとすれば、鶴巻は軟。懐柔して取り込むというタイプだった。桂木の、この地に留まる在社期間は、社内でも意想外と取られていたが、流石にここ数年は、事に付け苛立ちが時折見受けられるようになっていた。

社長、桂木、鶴巻で打ち合わせに入ると、予定していた時間前に、「用は済んだ」とばかりに桂木が不意に席を立つという場面もあった。結論がまだ固まらない内に。それは、苛立ちというより、本来居るべきではないところに居るという収まりのつかない気持ちなのか。それとも別個の理由なのか。

そんな会議室の気配は、ドア近くで仕事をしている美佐にも恭子にも窺えた。美佐は危ぶむ気持ちが抑えきれなかったが、恭子は平然と作業を進めていた。

その恭子は、入社三年目には結婚していた。あの時代にはそれでも早過ぎるとは言われなかった。かねて縁談のあった、市の郊外の農家に嫁いでいた。相手は大きな農地を持つ裕福な家の長男で、本人は若いながら農協で役員を務めているという。

にもかかわらず結婚後も勤めを続けたのは、そういう約束でもあったのか。それとも恭子の内に起こりつつある何かがあったものか。翌年、子供が生まれても変わりなく。会社での恭子は以前通り、家の豊かさに見合う態度であり、装いであった。だが、それは、無見識な派手さではなく、華やかさだと美佐も思った。ただ、その有り様《よう》は、場違いに見えてしまうことは否めなかった。

時には仕事仲間に対して荒い言葉を浴びせることもあり、常軌を逸していると感じることもあった。が、仕事さえこなせば、それはそれで魅力とも取れた。

結婚の経緯も婚家の内実も、恭子は話さないし、あえて聞こうともしなかったから美佐は知らない。


結婚について、美佐は考えることはできなかった。避けざるを得なかったというか。

両親の暮らしに好転の兆しはなかった。美佐自身にも変化はない。会社が寮として準備してくれた部屋の独り暮らしのままだ。

両親は生活を細くして日をたてている。家・土地は手離し、返済に充てていた。

それさえも、売り急ぎを見透かされて買い叩かれそうになっていたという。弱り目に……

だ。そこを藤森社長の口利きで、何とか相場に近いところで捌けたという。とは言え、借財が、もう僅かだと気楽を装ってはいるが、そこそこ残ってはいるようだ。古い木造アパートの二人は、動きがとれないでいる。

娘には早すぎる独立をさせ、せめて親は子供の足手まといにだけはなるまいと、健気と言えば健気、侘しいと言えば侘しいまでの心積もりでいるらしい。

気負いが大き過ぎたせいかもしれない。一旦躓《つまず》くと、失意の底にまでと、絵に描いたように制御が利かなくなって職を転々とする父を、母は掛け持ちのパートで生活を支えていた。せめて母の援《たす》けにはなりたい。守らなければ。と、美佐は、まだ、そこにいた。

丁度その頃だったろうか、珍しく恭子が一冊の本を美佐に示しながら「わたし、この本が面白くて仕方がないの」と目を煌《きら》めかせた。そして、何故だか誇らしげに言った。

「社会科学が好き。梅原猛の本には感動する」

梅原猛を知らないことは、悪か罪かであるかのような挑むような言い回しだった。

美佐は、梅原猛なる人物を知らなかった。〝社会科学〟などという言葉が、普通の会話で出るものだろうか。訝しかった。言葉の硬さが尋常ではなかった。

あたかも異様で空疎な話を聞かされているかのような、見えない壁が二人の間にあった。

恭子の居丈高な姿勢の意味がどうしても取れなかった。

そう、その本の書名が『隠された十字架　法隆寺論』と、あったのだ。

その時だ、「梅原猛」という名前が美佐の記憶に刻まれたのは。


越州舎は、手始めは「社史」の製作請負と発行だったが、県内各地域の「郷土史」、そして「個人史」へと幅を広めつつあった。視野には当然入っていたのだろうが、その時点では裾野の広い、詩や俳句、短歌、小説などの文芸作品には着手していなかった。そのせいもあるかもしれないが、美佐はその分野には疎《うと》く、馴染めず、門外漢のままだった。

では何故、この本『塔』が手元にあり、長年月忘れていながら、不意に引っかかってきたのか。


遠い、あの日、恭子の興奮は別のことに発していたと心づいたのは年度替わりの最終日だった。入社十年になるその日、桂木が社を去った。事前に辞表も受理されており、そろそろ元の職場に戻りたいとの意向はすでに社内でも了承されていたから、驚きはなかった。

翌日、恭子が出社しなかった。問い合わせた自宅にも姿はなく、「私物の大半は持ち出されている」と、驚きと怒りの混じり合った姑の声が答えた。来年、小学校に入学する娘さえも置いて……。出奔とは、こういう事態を指すのだと美佐は呆然とした。

藤森社長が訪ねた実家の親も、仰天するだけで埒が明かなかったという。

誰もが、桂木との関連を想像しただろうが、それを口にする者は、蔭では知らず、いなかった。

社長が電話で直に問い合わせた桂木は、「まさかなあ」と吐息を吐いたという。が、「まさかなあ」とは、明らかに気配は感じていたということ。あるいは、何らかの形でこの事態に噛んではいたのだ。

もっと言えば、あの種の本を勧め、煽ったのは桂木ではなかったろうか。と、美佐は秘かに推し量っていた。社内の、ある意味で内輪のことだから、恭子は美佐に、自分の内奥を揺さぶっているものを、暗に示したのではなかったか。

結局のところ「関わりはない」と、桂木は突っぱねたそうだ。

二人が二人だけで話し込んでいたり、食事処で親し気にしているのを、社の多くの者が目にしていた。

業界の先端を知る、都会からの男に、恭子が気を惹かれたとしても不思議はない。が、男に家族があり、女の側も新たな家族を、もしかしたら意に染まぬまま、であったにしても、作ったばかりだ。

結婚や新しい生活に不満や不興を洩らしたことはない、と思う。それでもなお、ということが、やはり、あるのか。

ともあれ、恭子は駆け出していた。何処へ？　知る者はいるのだろうか。

この突発的な出来事のために美佐は、辛うじてだが、細々と描いていた「いつか、どこかへ」の淡い夢さえも、恭子に先んじられた。そう感じた。焦りのようなものに胸が灼け、居たたまれない思いをしたのだった。

藤森社長は社内での詮索を厳しく諌《いさ》めた。


やや時を置いて、美佐は、過ぎた日の恭子の気の昂ぶりについて考えていた。恭子は、傍《はた》目《め》にはどうあれ、日々に飽き足らぬものを感じ続けていたに違いない。桂木の転出は、切っ掛けに過ぎないのではないか。行動を起こすタイミングとして利用した。無論、前々から心の、だけではなく、生活レベルでの自らの有り様《よう》は計算してのことだろう。

つまり、それなりの心積もりもあって準備はしていたのではないか。

夫と子、婚家と実家への、不義理という以上の罪悪を決行するには、それなりの決意を要したことだろう。一時の思い付きなどという軽々しいものでは決してない。鉄面皮ということでもあるまい。

幾度も泣き、唇を噛んだことだろうに、そこまでして決行する衝迫をどこから得たのか。

美佐の脳裏にあの本が浮かんだ。およそ人の心の動きに関係なさそうな題の、あの本。『隠された十字架　法隆寺論』。

美佐は気が急いた。あまりに突拍子なくて、誰かに話しかけることもできなかった。社長にも鶴巻にも。

書店に走った。数店廻った店頭にはすでに無く、数週間待たされて、ようよう図書館で借り出してページを繰った。大急ぎで読み進んだ。

恭子の行動そのものが、説明を阻む代物だったが、美佐に閃いたことも、他の人に伝えるのが難しかった。


哲学者、梅原の、その本は、「ものごとを常識ではなく理性で判断すること」と、まず読者に要求することから始まっていた。

「哲学というのは、名誉や権力や金銭より、何より真理を愛すること」と、重ねる。

更に、「一人の美的観照者に止まることなく、一人の認識者としての魂の大切さ」をうたい上げる。

聖徳太子に絡む、法隆寺を巡る歴史の根本的偽造に及び、「口をつぐんだら、やがて真実は忘れられる」と、なおも強い語りは続く。やがて、オイディプスの例が登場する。「オイディプスは、自分の運命が見えて来た時、自分の目をくり抜いた」と。

妻、として、母として、会社人間として、生を全うする。そういう普通の、当たり前の行路。それを悪しき運命と、例えば恭子が考えるものだろうか。第三者からは不足のない、としか見えない生き様。それをしも「否！」と言い得るだけの自分像が描けるものだろうか。

梅原は、歴史として伝えられてキッチリ枠に嵌っているものや、了解事項として安穏と納まっている事象を、蹴散らし、否定をも厭《いと》わないで鉈《なた》を振りかざしていく。その、ただならぬエネルギーに恭子は心をざわめかす以上に、激しく感応したのではなかろうか。

では、恭子は何処に向かったのだろう。闇雲にではあるまい。女も、三十歳近くにもなれば、分別を失って、でもあるまい。

しかし、普通の生活者であることの上に、「何者かであること」に強い欲求を持つ場合があるのではないか。スリリングな生き方のできる場へ、自らを押し出してみようとする。

「それも有り、だろう」。それが美佐の感慨だった。

あの年、そういう、劇的とも言えそうな出来事が起こっていた。

婚家には「娘を頼む」の手紙に添えて離婚届が着いたそうだ。

渋谷で見かけた、とか、博多で、とか、その後しばらくは外部から真贋《しんがん》不明の幾つかのニュースがもたらされた。が、やがて、「破滅的行動」の一連のことは、口の端に上らなくなった。繋ぎになる情報や出来事が少なくなり、やがて何も聞こえて来なくなった。話は接ぎ穂を失って消えて行くものだ。

しかし美佐は、容易には忘れられなかった。これまでの恭子への反発の大きさのせいかもしれない。例えば、彼女が赤い花ならば、緑色の花として、美佐は辛うじて均衡を保って来た。そういう気がする。言わば、反りの合わない相棒の、辿ろうとする道、その先にあるもの、に思いを巡らしたかった。

胸に充満してきた興奮を、他ならぬ美佐に伝えようとした。その恭子の心の内を追ってみたかった。

だから探したのだ。手がかりを。それが、埃を被って出て来た『塔』ではなかったか。

しかし、読んだという記憶がない。何故なのだろう。

同じその年、奇妙なことが続いた。社長夫人の孝子《たかこ》が亡くなった。入水自殺も疑われたが、病気でもなければ、家庭不和でもなく、自死の理由がなかった。ヨモギを摘みに川堤に出かけ、のり面で足を滑らせたと判断された。草摘み用の籠が堤防に残されていた。

大っぴらには当然話されなくても、とかくの噂として囁かれていたことはあった。藤森の息子大介は、藤森の子ではない、というもの。

他所で身籠ってしまった先代の社長の娘を妻として迎えることで、会社が藤森恵一に譲られたのだと。まことしやかに囁く者がいたからで、そんな話は端から相手にされず、うやむやの間に消えていたはずだったが。

夫人の三回忌が過ぎて、社長が美佐を改まった席に招いた。

美佐は三十三歳になっていたが、仕事だけという相変わらずの日々だった。

「わたしと結婚してくれませんか」

と、藤森は美佐の目を見詰めて、丁寧な口調で話しかけた。

「あなたの家の事情はよくわかっています。あなたのことも知っている。わたしのこともよくご存じだ。何より、二人は分かり合えている。わたしはずっとそう思ってきたのだが……。あなたは？」

そうだったのか。好ましい人物だと思ってはいたが、社長は家庭を持つ人だ。そこで思考は停止していたのだ。「わたしは……」の後、言葉が続かなかった。

藤森家の人間となって会社を退いてから、その頃には専務となっていた鶴巻とは会社時代よりも会うことが多くなった。

ある時、例によって柔らかな笑顔で鶴巻が提案した。

「自分は能登の神社の社家の出だ。神社にも様々な作業者が必要で、ご両親の力を貸してもらえないだろうか。

神社の庭や森の手入れなど、人手がどうしても足りない」と。

出身地に近い場所で、有益な仕事に就けるなら、と二人は乗り気になり、迎え入れられた。

両親の行く末に、ずっと気掛かりを抱えていた美佐は、重荷を下ろした思いだった。

藤森から神社へ、それなりの寄進はあったのだろうが、夫は一言も言わず、鶴巻もそのことに触れなかった。

親密な間柄なのだとは、早くから知ってはいたが、鶴巻はしばしば藤森家を訪れ、社長と書斎に籠って永い話をするようになり、何回かに一回は泊まることもあった。藤巻は郷里の能登には係累が何人もいたが、自身は家庭を持たなかった。

書斎の隣には来客用の寝室があり、バス、トイレも備わっていた。

当時、息子の部屋は二階にあり、受験に備えて夕食後は自室に籠ってしまう。

鶴巻が訪れていた日、打ち合わせの長さに焦れて、書斎のドアをノックしたことがあった。

返事がなく、扉を開けてみると話し込んでいるはずの二人の姿がなかった。

胸が衝かれた。触れてはいけないこと……。前夫人が甚だしく傷んだ真相。子供のことと共に、もう一つ、請け負わなければならない苦しみに出遭ったのではなかろうかと。

美佐は静かに扉を閉めた。自室に戻ってぼんやりし、やがて胸が騒ぐのを目を瞑って耐えた。明け方、空が白み始める頃になって、ようやく思った。

静かで穏やかな夫婦でいよう。


電話で連絡のあった日、いつものように、十一時過ぎに鶴巻が玄関に立った。

仏間に案内し、黙然と掌を合わせる背に目を遣ってから、美佐はリビングに移り茶の支度にかかる。

やがて、すでに勝手知ったる家の内、鶴巻が柔らかな笑顔で居間に入って来た。手に小さな包みを持っている。

「これを、ね」

毎月のことだ、余分な挨拶はなく、本題に入る。見せたいものを包んだ袱紗《ふくさ》をほどく。ケーキのモンブランが一個入るくらいの大きさの箱が出て来た。

骨ばってはいるが、滑らかな指使いで箱から中身を取り出し、拡げた袱紗の上に置いた。

「これが、ね」

「何？　石？」

「鉱物だよ。地中深く埋まっている。水晶や瑪瑙《めのう》と同じように」

敢えて選んだのだろう、水色の袱紗の中央に置かれた、その鉱物とやらは、超小型の岩峰めいた、何本もの鋭く黒い尖りで姿を飾っていた。

「キアンコウというんです。愛媛の友人が送ってくれたのですが……。あちらに鉱脈がありまして。もっとも、現在では採集が難しいそうですが」

テーブルの上にメモ用紙を出して漢字を書いてくれた。

「輝安鉱……。美しいですね」

鶴巻は破顔して、「やはり美佐さんは、この美しさがわかるのですね」と大きく頷いた。

「土の中で、闇の中で結晶化し、この姿になります、場所によっては巨大化することもあるそうですが、わたしは、この大きさが好みです。掌の上で見続けて飽きることがありません」

それから居ずまいを正して「闇浄土という言葉を知っていますか」と訊ねた。頭を振る美佐に、こう言った。

「重い運命を課せられた人、暗くて辛い人生を担う人、わたしたちはさほどのことはないのですが、闇を往く人にも浄土はある、ということですな。重い病に終生捉えられた人の俳句に、この言葉を発見して、〝ああ……〟と思いました。とても納得したのですよ。あなたもじっと堪えている。わたしもご存じの有様ですから」

そこで言葉を切って、苦など無さそうな年配の男が、恥ずかし気な笑いを見せた。

「辛いと思うこともあります。ありました。でも、闇にも浄土がある。それを感じられる。輝安鉱は、こういう出会いの証として、美佐さんに持っていて欲しい」

美佐は、鶴巻の背後に、夫の姿を見たように思った。

気にしている作家が別の小説に書いたセリフ、「おれはまだ……」が蘇った。あのセリフは本当のところ誰に向かって語り掛けられたのだろうか。

美佐は、鶴巻が訪れる度に、庭に咲いた花を飾り、小さな菜園で育てた季節の野菜でもてなす。

空いた時間は読書だ。そして眠る。

誰かさんのように、こう囁く声を耳元に聞きながら。

「おれはまだお前を……思うている」

ゆくえ

呼ばれている。

呼びかける声がする。だが、それは俺に、ではない。俺を呼んではいない。

「……さん、……さん」と、これも誰にかけているとも知れない声が、さっきからの呼びかけに挟まって聞こえる。

あ、床に軋み音を立てて何かが動いているようだ。何、これは？　聞き覚えはある、確かに。だが一体どこで、いつ？　疑問が膨らんでくる。

運んでいた。何かを運んでいた。キャスターのついたもので。箱を、か？　箱に入ったものなのか？

出したのか、片づけるのか。中身は何なのだ。それをしていたのは俺？

突然遠くで「……さん」、「……さん」の声が切羽詰まった響きを帯びる。叫んではいないが急迫している。非常事態なのか。まずいことが起きているのか。急を要することが起きようとしているのか。

「……さん」の声に混じって別の声が近づいてくる。いや、声、なのか気配を感じただけなのか。一つは「ケイちゃん」と甘ったるく、もう一つは「ケイスケ！」と鋭い。どちらも女の声だ。ああ、これだ。これが、呼んでほしくない俺への声だ。

どちらにも、うっすらと懐かしみを感じるが、どちらにも、それに負けないくらいの不興というか不快が混じる。

本当のところ、どちらからも離れていたい。離れるために何か策を講じるべきなのだろうか。

そうそう、あの音。何を引き摺っているのか？　軋む音の具合からすれば、重さはなまなかのものではない、ということか。鬱陶しいし、心許なくもなってくる。それにしてもそれは、運ぶに値するものなのかどうか。

またしても疑いが湧いて混乱する。と、どうにでもなれ、と、あの充分に馴染んだ、不貞腐れた思い、というか遣り方にズルッと引き摺り込まれそうになる。

そうなったらいつものように「勝手にすれば？」と、人に預ける。身をかわす。そんな具合に結局は自堕落な線に嵌《はま》るのが毎々のこと、というか、ずっとそんな風だった気がする。何事にも、焦点が定まらず、緩い感覚でいる。

そうさ、どうかなればなったで、誰かが引き戻してくれるし、引っ張り上げてもくれる。安全と思われる場所、良かれと判断された地点に着地させてくれる、はずだ。と、適当なところで胸の騒ぎにも蓋をしてしまう。

そんな具合に遣り過ごしてきた数知れない繰り返しが、俺を動きの取れない人間にした。

とすれば、うん、そう、箱の中身は多分、俺、ということか。

動かしたい気持ちが無いわけじゃあない。あるにはあるのだが、軋むほどの重さになっては、お手上げ状態なのだろうな。俺が、じゃなくて、関わってしまった誰かには。いや、やっぱり俺が為すすべなく手をこまねいているだけ、ということか？

「……さん」と、自分ではない誰かにかけられたはずの声が、こちらに向かって来るじゃないか。よせよ、俺は「……さん」ではないぞ。間違えるな。違うってば。懸命に否定はしつつも、それでいて、何とはない惧れに纏《まと》い付かれる。

違うよ、と頭を振ったつもりだが、体が固まっている。だんだんと締め付けられる。体が緊張していく。これ以上は堪えきれない。

「小便だ」と、体が言った。体が教えている。しっかりとは醒《さ》めぬまま、上体を起こそうとしたが、力が入らない。肩や腰やに痛みが走る。身動きがならず、腕でもバタつかせたものか。

「おっ、ケイスケ」

と、今度は思いがけない近さで男のしわがれた声がして、間をおかずその声がどこかに向かって叫びを上げた。

「看護師さあん」

看護師？

足音が駆け寄って、覗き込んだみたいだ。そして状況を察したか、安堵《あんど》の、だろう、大きな息を吐いた。

「良かったあ、ノノミヤさん、良かった。ん？　オシッコなのね？　体を動かさなくていいから。あ、起きなくて大丈夫だから。大丈夫。そのままオシッコしていいですよ。ちゃあんと手当てはしてありますから。気を楽に、らあくに、らあくに……」

柔らかで、包み込むような落ち着いた声は、体を委ねてもいいのだ、との深い安心をくれた。

「看護師？」という、俄《にわ》かに湧いた疑念は取り敢えずちょっと横に置いて、促されるまま放尿した。長く、気持ち良く。

その後、眠ったようだ。呼ぶ声も、引き摺るような妙な音も聞こえなかったが、夢を見た。続き？　いや、そうじゃない。これまでに何度となく見続けた夢だ。数えきれないくらい、襲われては冷たい汗をかいた夢だ。

他愛ないと言えば他愛ない。だが、幼い俺に刻まれてしまった、濁った滲み、としか言いようのない夢。


あの夢だ。

毎度の夢に出てくるのは、祖母の寝間だ。そこが昼も夜も、幼い俺の居場所だった。

俺が三つの時に妹が生まれて、母が赤ん坊にかかりきりになると、それ以前から容易には俺を傍から離そうとしなかった祖母が、当然のように俺の世話の一切を仕切るようになった。ただでさえ忙しくしていた母は、一方では好都合の場合もあってか、逆らうことをしなかった。

しかし、折節の言葉や態度から、母が祖母の遣り方を決して快く思ってはいないと、こども心にも感じていた。反発からだろうか、時として母は、却《かえ》って祖母の方に俺を押し遣ることが少なからずあった。だから俺には母に構ってもらった記憶があまりない。

食べるもの、着るもの、遊び道具、遊びに出かける所。皆、祖母が決めた。

「圭ちゃん」と祖母が甘ったるく呼びかける。誘うような笑顔で小首を傾げながら。そして決まって俺を抱き寄せたものだ。

夢の中で祖母が囁く。「圭ちゃん、お布団にいらっしゃい。足、冷たいんじゃないの？ほら、いらっしゃい、ばあちゃんのお布団にお入りなさい。ほら、ここに、ばあちゃんの脚の間に足を。ほら、温かいでしょ、ね」

祖母は寝間着の前をはだけて圭介をスッポリと抱え込む。暖かいし、柔らかい。お乳に顔を埋めるようにして目を瞑る。そのまま眠り込みそうになる。

背後の物音にふと顔を上げて振り向くと、少し開いた襖の向こうに母の顔が覗いている。目が怒っている。ズンッと胸が痛くなる。母の傍に行こうとするが、身じろぎができない。祖母の腕は圭介の動きを封じている……。

昨日一日降り続いた雨が午前中に止んで、青空がようやく広がった。つい出そびれて先延ばしにしていた買い物をしなければならない。晴天のせいだろう、気分が良くて、自転車で往復することを珍しく思い立った。

スーパーまではたいした距離ではないし、買う品もせいぜいミルクと醬油と、一八〇ミリリットルの焼酎パック。液体系を三点だけ。車を使うまでもあるまい。

悪天候を言い訳にした怠け癖で、外に出ていなかったから、まあ気分転換にもなる。少し大回りをして外気を吸ってから買い物としようか。降り込められたせいだけではなく、体を動かさなくて澱んだ気持ちも少しは晴れるんじゃあないか。

今年に入って、何故だかこれまでとは違う心の動き方があると感じている。あてがわれていた仕事から解放されていることも、その原因の一つかもしれない。

もう使い物にならないと切り捨てられたのかもしれず、見かねるような倦《う》んだ仕事の仕方や態度が気に障ったのかもしれない。それとも単に、俺という人間に関わるのが、もう面倒なのかもしれず、と、僻《ひが》んだ受け取り方をしてみるが、いやいや、このことさえも母が、かねて言い置いたスケジュール通りに進められていることなのではないか。

まあ、どちらでもいい。ぼんやりはしていても、世の中のことの幾ばくかはわかっているつもりだ。昨今の就業事情からすれば早めになる退職を仄めかされた時、躊躇することはなかった。スンナリと応じた。

で、誰からも指示も依頼も無い独り暮らしが始まっていた。長く、本当に長く、望んでいたことだ。


会社に出かけることをしなくなって以来、時折スーパーやコンビニエンスストアを覗くこと以外、ほぼ一日中、家に居る。朝、昼、の食事は軽く、夜には弁当や買い置きのレトルト食品に手を加えたりして、それなりの馳走にする。

長年月、遅く帰宅する母のために、指示通りの買い物をし、渡されたレシピに沿って一品か二品を作ったものだ。込み入ったことはできないが、台所仕事はそこそこなす。長い間にそれと意識しないまま、仕込まれていたというわけだ。その経験が生きている。

母が口喧《くちやかま》しく教えていったことが今、曲がりなりにも生活していられるベースになっているということか。

僅かな量だが、洗濯はこまめに。使っている部屋だけだが掃除にも日を置かない。トイレ、洗面所も無論だ。みんな教え込まれた。いつの日にかは訪れるだろう、息子の一人だけの生活が成り立つように、と。

風呂場がおざなりなのは、あまり入らないからだ。母が知ったら叱りつけるだろう。何度「圭介、お風呂！」の声が飛んだことか。

ゴミの分別と収集日のチェック。レジ袋の活用までくどくどと教えられ、今も変わらず命じられたままにやっている。

だが、どの一つを取っても自発的に動いているものは無い。何度も何度も繰り返し指示されたことだ。注文され、強いられて、やってきたに過ぎない。

電気、ガス、水道、新聞、どれも皆、自動引き落としされていて、圭介自身が気にしたことは今のところない。その日その日を遣り過ごしているだけだ。

だから生活者としての自覚があるとは言えない。変更や変革は圭介の関わるところではなかったし、この後にも想像することはできないだろう。だから、予期できないトラブルが生じることがあったら、動きが取れず呆然と立ち尽くすだけだろう、と容易に想像がつく。

それでも、妙なことに、これまで思うこともなかった「何かしてみるか」、の気紛れが、今年の春になって、起きた。物置に置きっぱなしの自転車。「少しは風に当たんなさい」と、母が何年か前に買ったものだ。

そんなに何もかも言いなりになりはしないと突っぱねて、当時は触りもしなかった。少年時代には乗り回しもしたものだが、母のいまさらの押し付けがましさに無視を決め込んで、そのままだった。

敷地の中で試しに跨ってみた。擦れるような音がした。手近にあった油をさして、軋みを取ると、意外と回転がいい。乗れる。

いつのことだったか、一度乗ることを覚えると、体がコツを忘れることは無いと誰かが言った。誰だったか。その通りだ、乗れる。

生活時間がいい加減で、早起きすることなど余程のことがなければ今は、ない。以前は、母に厳しく命じられての起床だったが、自転車で外へというなら、朝の内というものだろう。これも珍しい自発的発案だ。

夏の間は毎朝六時前には、近くを流れる川沿いの道を三十分ばかり自転車を駆って往復した。これを散歩と言えるのかどうかは、まあ措いて、自分的には一応健康対策と位置付けてみる。もとより真面目な取り組みであるはずもないのだが。

夏休み中はラジオ体操に神社の広場に出かける子供たちや父兄の他に、体操に参加しようと集まってくる、年寄りたちがいる。彼ら、年配者たちとは出会いたくない。

出会わないように幾分時間をずらした。姿を見られたくなかったからだ。

「あ、あれが野々宮の……」と近隣の住民に、見とがめられるのを避けたかった。

色んな意味を込めた視線。わざわざ振り返って確認し、連れと頷き合う姿……。それを想像してしまう。

事件だの、事故だの、と、何をしたから、という理由ではない。敢えて言うなら、なにもしない、何もできないでいる、いい歳の男に対する軽侮の眼差しが投げかけられることに、耐えられない。他人の眼が気になってならないのだ。

いつの間にか身についてしまっていた、周辺の誰彼に対してでも自分が優越した者であるという思い込みと、その空疎さを実は痛いほど知っている自分の眼に、引き裂かれ萎縮している。

見られている！　そんな事態に遭ったことなど実際にはない。ないが、背中に感じる。被害妄想というやつなのだろうが、無視できないのだ。無視するだけの図太さもない。勝手に先回りして想像し自分で脅え、つい舌打ちをしていることもある。母に厳しくたしなめられて、舌打ちなど久しくしたことがなかったのに。

板塀を巡らすくらいには周辺とは隔たった構えの家に、家庭を持つこともせず、というかできず、遂には独り残って住むことになっている男への好奇心と不審。人によっては気味悪く思うかもしれない。滅多に外に出ず、稀に出会っても挨拶もろくにできない、そろそろ老年に差し掛かっている男。我から、そう思っている。

車で出かけるなら、自宅の敷地内の駐車場からの出入りに人目は届かず、憚る必要はなかった。しかし自転車では急いでも総身を曝すことになる。早く漕げば余計、人目に立つ。だから自転車に乗り始めていても、滅多に昼日中に使うことはなかった。それが、あの日……。

自宅前の生活道路からすぐの大通りに出ると、欅の並木が続いているのだが、土砂降りの雨で水をタップリ吸った落ち葉がぬめぬめと光って路面を埋めていた。そういえば、家の前まで風に飛ばされたか、濡れた落ち葉が散り敷いていたっけ。

「ん?」と、一瞬気が差したが、慎重に走ればいいさ、と軽く思った。

そうして、風を切って、とは毛頭言えないものの、目論んだコースを走り終え、そそくさと買い物を済ませると、帰り道を辿った。うろ覚えにしろ見知った誰にも出会わなかった。

その解放感も手伝って心地よく走ったせいだろう、足元への警戒心なぞ、疾うに他所へ飛んでいた。

角を曲がれば、自宅は、もうそこだ。大した量ではなかったが、重さで偏りが出た荷籠のバランスに気を取られた途端、道端の微かな傾斜で前輪が横滑りした。姿勢を直そうと力を入れて踏み込んだ反動でスピードがついて思わぬ方向に急発進し、転倒してしまった。

「やってしまった」との思いが倒れつつ瞬時頭を過ったが、一体何にぶつかったのだったか。

流石に今度は目が醒めた。瞬きしながら頭を回すと、部屋は白々として、並んでいるベッドが見えた。ああ、ここは病院だ。そして今居るところがもしかして集中治療室なのだとすれば、そこそこ規模の大きい病院だ。

「……さん」と呼びかけているのは現実のことだった。ベッドの並びの一つに、体を屈めて声をかけている人影が見えた。起こそうとしているのか、何か確認を取ろうとしているのか。それとも患者の、消え消えの正気を呼び戻そうとしているのか。

いずれにしろ、どうして自分がここに居るのかが、見えない。考えがまとまらなくて、しばらくぼんやりする。

顔の上に男の顔が屈み込んできた。

「圭介、わかるか、わしだ、叔父さんだ。新吉《しんきち》だよ。わかるな？」

「なんで新吉叔父がここにいるんだ」と、首を傾げて、まじまじと叔父の顔を見上げた。

叔父さんだって？　そぐわない名乗りに違和がある。叔父には違いないが、そんな感覚はあまり持てないでいた。ちょっと年上の親戚。昔は「兄ちゃん」と呼んだこともある。

「今しがたまで吉野さんもここにいたんだが、店があるからね、わしがバトンタッチした。お前が救急車で運ばれたと、吉野さんから連絡が入ったから駆け付けたんだ」

吉野さん、吉野さん、って、やめてくれと言いたい。言いたいが口にはできない。母に代わって、今度は彼女が俺の監視役みたいな……。頼んだ覚えはないが、それも母の仕組んだことだ。溜息になる。

そこへ看護師がボードを手に、寄って来た。何か聞き取りでもするのか、指にペンを挟んでいる。

「野々宮さん、目が醒めましたか。質問を幾つかしますよ。お名前をフルネームでおっしゃってください」

この優し気な声は、〝小便の人〟に違いない。どうにもバツが悪い。素知らぬ気にペンを握ったあの指で俺に触ったに違いない。作業は手慣れた感じだが、俺より遥かに若い。仕様の無いことだが、この人は今しがた俺に触ったのだ。

「野々宮圭介です」

「お歳は？」

「五十……七です、なったばかり」

「生年月日を。住所と電話番号も」

子供騙《だま》しのような簡単なことなのに、咄嗟《とっさ》には答が口をついて出ない。やっとのことで返事をした。

更に看護師は自分の腕時計を示して、「今、何時？」と聞き、重ねて「今日は何月何日でしょう」と続けた。

何月何日？　十一月、は、わかる。月のカレンダーを捲ったばかりだ。が、はて、捲ってから何日経ったのか。十一月。叙勲の新聞記事は目にした。叙勲者の名簿が載っていた。

年齢の近い人が多い。立派なものだ、さぞかしの働きだったのだろう、とも思う。随分な人数なのだなと、感心もした。だが、個々の名前までは見ない。いずれ遠い人たちだ、と気持ちは退いている。

それとは別に、こんなことも思ったな。十一月三日は晴れる。何故だか天気が良くなる特異日だ、と。そうだ三日は晴れた。そんなことを、ふと思ったな。その翌日、雨になったんだ、一日中。そして次の日の午後になって晴れた。俺にしては、そうないことだが、浮かれて出かけた。自転車で……。

そうか。すると、五日ということだが、病院で、どれくらい眠っていたものか。疑問符の付いたままを口に出してみた。

「そうですね、今日は五日の夜です。出血して運ばれて来ましたので、額の切り傷を少し縫われました。レントゲンも撮りましたから、明日、先生に詳しくお聞きください。念のため今夜はここで休んで」

それから準備された病室に移動し、ようやく落ち着いた。

「驚いたよ、救急車で運ばれたっていうじゃないか。どんな大事故かと身構えたさ。おおごとでなくて何よりだった」

叔父は白髪の頭を大仰に抱えてみせた。それからフッと笑って、

「頭でっかちは前のめりに転ぶってか？　見事に頭をぶつけたな。あ、圭介、今は触るな。額に触るんじゃない。傷口を縫ってある。抜糸まで少し日にちはかかるさ。それにしても……」

続きを言うか言うまいか、と思案はしたのだろうが、面白い思い付きをここで言わなければ、とばかりに言葉を継いだ。案じたほどのことはなかった、との安堵が口を軽くしている。

「眉間の傷なら様にもなろうが、額の横っちょで、しかもこんなちっこい傷じゃ、嚇《おど》しがき

いた。

かないな。ま、鼻が潰れなくて幸いだった。ただでさえ風采が上がらない上に……」

「こんな風な新吉叔父の軽口を、祖母は好まなかったのだと、遠い日のいくつかの情景を思い出す。何かの集まりで、座を盛り立てようと面白話を繰り出す叔父に冷たい目線を当てていた。

新吉叔父は母の弟だ。母の十歳も年下。圭介の十一歳年上だ。別の町で小さな本屋をしている。本人は老舗の古書店だと胸を張るが、今時の地方都市で生業が立つものか、圭介のような者でさえ、「果たして？」と思ってしまう。

どこか浮世離れしている、頼りなさそうな新吉を、祖母は圭介にあまり近付けないようにしていたようだ。距離を置こうとしていた。叔父の商売が、うまく回転していないことも、どこからか聞いて予防線を張っていたのだ。

祖母は圭介を介して、というか、掲げ上げて、「家」と「自分」を守ろうとしていた。夾《きょう》雑物《ざつぶつ》を紛れ込ませてはならないのだった。

なにしろ祖母は、祖父のそれとは異なった意味で、野々宮を野々宮たらしめる要だった。

そんな姑への気兼ねもあって、母は弟が野々宮に出入りすることを歓迎しなかった。だから圭介にとって新吉叔父は、内心の期待に反して、親しくさせてはもらえなかったけれど、どこか心を許せる人、という感覚ではいた。家族、親せきの中でただ一人。そういう新吉への圭介の傾斜が祖母に伝わってか、出会う折は多分、かなり制限されていたのだ。

祖父、そして父の喪。妹、直子の挙式。それから祖母本人が仕舞っていった時。姉である、圭介・直子の母が急逝した時も、この叔父が働きを見せた。その働きは当然ながら祖母の知るところではない。警戒も毒づきもすでに効かない。


「自転車は……」

「お前の事故を近所の人が見ていてね。濡れた葉っぱで滑ったらしく、ぶつかったって、自分ちの、つまり野々宮家の塀にさ。救急車を呼んで、吉野さんにも連絡してくれた。自転車は取り敢えずお前んちの塀の内に立てかけて置いてくれたそうだ。スポークが曲がっちゃってるから、失敬する人間なんかいないさ。明日にでも報告方々お礼に寄ってみるよ」

不思議だった。近所の人が、吉野さんの番号を何故知っているのだ。それを口にすると、叔父は肩を竦めた。

「道子だよ、お前のおふくろさん。独り暮らしになるかもしれないお前を案じてさ。息子に何か起こるようなことがあったら連絡はどこそこに、と頼んであったようだ。わしの連絡先も、直子のもな。亡くなる五年も前からさ。先へ先へと読んでいたんだな、あいつは。

連絡個所が三ヵ所、というのが、なかなかだろう？　一ヵ所だけでは伝わらないこともあるじゃないか。

もっとも、家の中でどうかなっていては知る由がない。これぱかりは対処の仕様がない。運にまかせるしかないわな。

そうそう、直子にはわしの方からも一報は入れておいた」

「大袈裟ですよ」

「それは、今だから言えることとさ。大事には至らなかったが、実の兄の事故だ。一度、顔を出したらどうだと。兄貴の顔を見にきたらどうだと、言っておいたから」

「実の」などと茶化した言い方をするのは、日頃の兄妹仲を知るからだ。

妹の直子については、勝手にしてもらうしかないと圭介は思っている。勝手に、が不適切なら、自由に……。一家の中に楽に息のつける人間が一人くらいいてもいいんじゃないか。

直子は、祖母も母も、そして誰よりも俺を嫌っていた。大学入学以来、上京したまま離れて暮らすことを選んだ。不愉快で意に染まぬ人間たちと、それが家族であれ、顔を突き合わして暮らすことの愚を、逸早く回避したのだ。肉親であればあるほど、重たく濃い感情になる。野々宮の場合。あの子にしか選択できないことだったと、圭介は思っている。

母が健在の時でも年に数度しか寄りつかなかった。その理由の大半は自分のせいだと圭介は自覚している。兄であり、家をまとめるべき立場の人間の不甲斐無さに、直子は辟易していた。

潰れていく兄を見たくなかったのだ。手に余る出来事を前にすると、その事態から免れようと、狡賢《ずるがしこ》く病に逃げ込む兄を疎んじた。ある意味、計算高く、要領よく、上手に弱者を演じて立ち回っているように若い目には兄が映ったのだろう。

徐々に潰れていく息子に苛立って母親が平静を失う場面にも度々出くわす。家族の中のそんな捩《よじ》れを、見たくなかったのだ。

それら色んな不都合の大本は、そもそもは祖母に発していた、と圭介は思っている。

あの夢の通りだ。

祖母の寝間が毎回夢の舞台だ。そこが一日中、幼い俺の居場所だった。自分の部屋というものを貰ったのは中学生になってからだ。いや、中学に入る直前に、自分の部屋をくれ、と父に直談判したことで手に入れた。我儘を言ったことのない息子の強引さに父は驚いたろう。欲しいものは祖母から与えられていたから、父が口を出すことは、ほとんどなかった。

そうでもしなければ、父は動いてくれたものかどうか。あの時は圭介も必死だった。このままでは、いけないのだ。その思いに駆られていた。が、今にして思えば、抵抗はそこまでだったような気がする。恐らくそれはもう、抗《あらが》いですらなかったのだと振り返る。

「野々宮」は、市内中心部の商店街に店舗を構えた紳士服専門店だった。

祖父は腕のいい縫製職人だった。修業当時の親方の紹介で終戦直後に譲り受けた店舗に手を入れて商売を始めた。仕事振りから贔屓《ひいき》にしてくれる上客が増え、繁盛したという。

戦後しばらくしての好景気に乗った周辺の店舗造りの派手さとは一味違う古風な店構えで、それが逆に出入りする客の気持ちを擽《くすぐ》るというところもあったようだ。

戦災で家を焼かれた人たちが、懐かしさにホッと息のつける空気感が好ましかったようだ。しかし客の心を摑んでいたのは、何よりも祖父の、そしてその教えで仕事をする職人たちの縫製の良さだった。

だが一方で、店に足しげく客が訪れるには、もう一つの訳があった。祖母だ。

祖母の、客の応対と接待が、その大きな要因だった。店内の一角に客と客の連れ、家族をもてなすコーナーを設け、大仰過ぎないもてなしをしたのだという。会話が巧みで座を盛り上げ、客たちは気分良く店を後にしたものだと聞かされている。

寛ぐのに適した椅子とテーブル。棚や飾り物の巧みな選択、季節に合った飾り花。吟味された器で供される茶菓。それらが来客の話題になった。

直接商売にならなくても、ただの待ち合わせの場所として使うことにも「否」はなかった。それやこれやで「テーラー野々宮」は重宝されたのだ。

地方都市なりにも季節ごとに服を誂えようという上層階級の人たちが出入りし、顔を合わせる。その人たちとの会話から、祖母は多くを得たのだ。街の話題、開催される各種の催し、祝い事やら訃に至るまで。そして何よりも人を繋ぐことの面白さ。

その頃の自慢話をよく聞かされた。聞かされれば聞かされるほど、祖母が錯覚した全能感に、ふと立ち止まる思いになることが圭介にもあった。あったが、何をどうできる？　流されるままだった。

しかし、この頃になってようやく思うのだが、祖母は社交上手ではあったが、自らは何も生まなかった。物事の周辺にいる人でしかなかった。そして周辺の人でいることに飽き足らなさを感じていたのではないか。

華やかさや祝祭の当事者でないことに焦れていた。表面的な才覚、それだけで世を渡っていることを自覚していた。いきおい、行動のブレが広がる。そうだ、相手に向かって毛を逆立てる猫のように、だ。

相手を力で威嚇し、懐柔する。取り巻く人ではなくて囲まれる人でありたい。満たされない思いは、誰かに仮託しなければならない。

積もる鬱屈を転ずる手段として祖母は、圭介の将来に賭けたのではなかったか。

祖父母は子供に恵まれなかった。何人かいた若い職人の内から、縫製の腕と実直な人柄を見込まれて養子に迎えられたのが父だ。母は野々宮を贔屓にしてくれる客の引き合わせで嫁いできた。両貰いの若夫婦に子供ができた。男の子だ。圭介と名付けたのは祖母だという。男の子が生まれたことを、奇妙と思われるくらいに祖母は喜んだそうだ。

乳離れするや否や、祖母は圭介を抱え込んだ。圭介への祖母の、これはもう執心としか言いようのない可愛がり方は、母を随分と苛立たせたようだ。三年後に二人目の子供ができたことで、幾分平静を保てるようになったとは言え、母の、姑への恨みがましい気持ちを拭い去ることはできなかった。

二人目の子は女の子で、直子の名は父がつけたのだという。

これらのことは、住み込んでいた職人や手伝いの小母さん、出入りの業者の内々の話などから見えてきたことだ。

実際、母にかまってもらった記憶が、圭介にはあまりない。寂しかったし、恋しかった。だが祖母が、離そうとしなかったのだ。

圭介が興味を示せば、何でも買ってくれたし、遊園地、動物園、どこでも連れて行ってくれた。店で遊ばせながら、誰彼構わず孫自慢をする。子供ながらに、立派な大人たちに囃されるのに悪い気はしなかった。むしろ誇らしくもあった。

しかし、胸のどこかに巣くっている不審というか歪《いびつ》な思いの広がりが、圭介から「普通」であることの平穏さを奪っていたのではないか。もう戻りようも戻しようもない大人になってから打ちのめされる思いになった。

中学入学を前にして「祖母からの独立」を画したことがあった。自分だけの部屋が欲しい、と。祖母の部屋から出ることは、祖母からの独立、と幼くも考えたものだ。

遅かった、と言うべきか、レールはすでに敷かれていて、孫が職人ではない世界で活動できる場、それが限りなく可能な場、へ送り出す謀りがすでにスタートしていたことを後になって知ることになる。

もう、小学六年生の大きさになれば、「おばあちゃんがどれだけお前を大切に思っているか。お前のためなら大抵のことはしてあげる」という祖母の愛し方の重さがわかる。

一方祖母は、自分の思いと期待は、揺るがしようなく、孫に埋め込まれている。そう信じたものだろう。

勉強ができる子という大前提を満たしているからには当然の選択、とばかりに、すでに圭介は、学区外の有名中学に入学することになっていた。その地域の某《なにがし》の住所に、事情があって数年住むことになる子供である、と、認められていた。店の客の有力者の力を借りたものか。勿論それは名目だけで、通学は自宅からで、バスを利用する変則的なものだった。

否応なく圭介は、自宅からは遠い、友達が一人もいない中学校の生徒になった。その中学の生徒たちの進学の流れで、今から思えば無謀な、県内有数の高校を受験することになり、これもたまたまのこととしか言いようがないが、その高校の生徒になってしまった。そして、中学と同様に、そこでも友達はできなかった。

元来圭介は、他人と競い合うことが得手ではなかった。何もかも準備された祖母の掌の上で機嫌よく時をたてていたようなものだから。交際上手の祖母の遺伝などは、当然望むべくもなかった。


「テーラー野々宮」は、時代の大きな流れに翻弄され、様相を変えていた。

圭介が小学生になった時、祖父が亡くなった。男の正装は、かつて、粗悪な造りでブラサガリなどと軽んじられていた既製服が幅をきかせ始めていた。紳士服の店は、商いが細くなった。古くからの客は年老い、流行りや体の変化に合わせて背広を折々新調するなど極めて稀になっていた。

客が激減し、職人が離れていった。心労で父が倒れ、それまで父を補って、外向きの雑事、家庭内の一切を担っていた母は、これまで以上に子供たちに関わることができなくなっていた。

殊に、祖母のいいなりに苦労知らずに育ち上がっていく息子を常に苦々しく思っていても、目を遣る余裕を持てなかった。そういう状況の中で父が逝った。寝ている間に呼吸が止まる病気だと言われた。

義母に逆らって、中学生になる圭介に、自分の部屋を持つことを許し、仕事の合間合間に、その部屋で机に向かう息子が大学受験に挑むまでを目に収めて、逝った。


職人気質で、良い仕事にだけ意を注ぐ、ひたすら内向きな夫に代わって、否応なく母の出番だった。生地問屋との交渉、経理、商店街の集まりや行事、町内やＰＴＡの役回り等々、休みなく働いたことが、母の決断を大きく援けることになった。

母は踏み出した。誂えの紳士服から既製の婦人服へ。大きな転換だった。

返済に苦労することは予想しながら銀行からの借り入れで店を改装した。商売は細くなっていたとは言え、テーラー時代に築いた信用と、中心街に立地する不動産的価値、将来の消費動向を読んだプランがそれを可能にした。

その大転換に当たって母は、圭介絡みのギクシャクはひとまず置いて、祖母の外向きの顔を活用する道を採った。ないがしろにはしなかった。

祖母の自慢の応接コーナーは、若い女性にも受けるように一部は模様替えをしたが、基本的には祖母が意図したそのままを使う。これからはそこを使用するのは女性たちだ。

新しい出発に際して母はデパートでの販売経験のある吉野麻子《あさこ》という女性を雇った。

その吉野が母の片腕として長く働き、予期したものかどうか、現在、「洋品店　野々宮」の経営を預かっている。

病室の戸は音をたてないのか。窓越しの空を見上げていて、ふと気づくと、ベッド脇に吉野麻子が立っていた。

「ノックはしたのよ」と、口元を緩めてから「大変だったわね」と同調するような頷きを二、三度繰り返した。

「迷惑をかけました」

吉野は年上な上に、昨年まで圭介の上司でもあった。当然敬語を使う。圭介が店を手伝うようになった三十代の頃から、母からは、そのようにと、吉野との位置の取り方を厳命されていた。

店で唯一の男手として、荷造りや荷運び、開梱、模様替えの際の器物などの移動といった力仕事、と、業務としては単純なものだった。それと、母がいた間は母の送迎も含まれていた。

現在のオーナーは書類の上では圭介となっているが、なんのことはない、それは圭介の生活を維持するための方便に過ぎない。毎月「野々宮」から地代が振り込まれ、半分は直子に渡るようになっている。

母が、自分の年齢も測って数年前に経営権を譲った際に、そういう取交わしがあった。


「迷惑だなんて、そんなこと……。あ、起き上がらなくていいから」

「はい。店は大丈夫ですか」

吉野は社員の女性二人の名前を挙げながら「任せてきました。午前中は知っての通り手すき。そうそう、昨日はごめんなさいね。取引先と約束があって、叔父さまにお願いしてしまいました。勿論、圭介さんの状態を見届けてから失礼したのよ」

こんなに柔らかく話をする人だったろうか。圭介は、つと視線を外した。

若い時代、この年齢になってしまえば、まだ、ほんの子供だった時代に、麻子に対する一方的で、独りよがりな好意の押し付けで自らをいたぶり、破滅的な行動に出たことがあったことを忘れてはいない。忘れるわけがない。あのことも原因の一片で圭介の今に至っている。

開店したばかりの洋品店「野々宮」の店員だった吉野麻子は三つ年上の二十三歳だった。笑顔が魅力的な綺麗な人だった。高校でも予備校でも出会ったことのない暖かさを持った女性という印象だった。心惹かれる、という以上に焦がれた。

その頃の圭介は、祖母の熱い期待を背にしながら大学受験に二度目の失敗をしたところだった。

最初の失敗に、本人以上に痛んだ祖母を、二度目のそれは更に大きな失望に追い込んだ。店の経営に奮闘する嫁の傍らで、俯き勝ちになっていた祖母は、打ちのめされていた。希望や目標を見失うと、人はこんなにも脆《もろ》い存在になってしまうのか……。祖母は、満たされぬまま去った。

祖母の不在は、植え付けられ浸りきっていた、内実の無い選良意識を傷つけ、甚だしい不安に圭介を陥らせた。

あの時、こんなにも胸苦しい生き難さを訴える相手を圭介は持たなかった。

母はひたすらに忙しく、悩ましく立ち尽くすばかりの息子に、却って厳しく対した。

母にすれば激励のつもりなのだろうが、圭介には冷ややかな態度としか取れなかった。突き放されている、そう思った。

誰かに聞いて欲しかった。訴えたかった。

圭介は内心の葛藤を縷々《るる》綴った。あたかも泥地に羽を休める白鳥に擬《なぞら》えて、麻子に手紙を書いたのだ。悲鳴のようなそれを、渡してくれるようにと直子に預けた。

気持ちに応えてくれとまでは望まない。ただ聞いて欲しい。せめて読んで欲しかった。

しかし、大人の麻子は、直子が差し出した封書に触ろうともしなかったという。直子は、その日の内に、糊のついたままの封書を「渡せなかった」と、圭介に返した。

渡せなかった、とはどういうことだ。会えなかったのか、渡す気にならなかったのか。それとも、突き返されたのか。

しつこく問い質して聞き出すと、その場で手紙を破った。妹を罰するつもりもあって細かく千切って握りこんだ。

兄の恥と憤りと悲痛な気持ちは、直子の頬をも、思い切りぶったはずだ。

何年、家に籠っていたのだったか。その間に、直子は大学を受験し、大学生になり、その地で職を得、結婚した。

直子が年に何回か実家に戻るようになったのは、圭介の縛りがいくらか解けて、家仕事くらいは手伝えるようになってからだ。

その間、野々宮の家族の中にある間隙を埋めるように度々訪ねてくれたのが新吉叔父だった。叔父も独り身だが、圭介とはおのずから異なる。大好きな仕事、古書店の経営では妻子を養えない、と選択してのことだ。

本当のところ生活の実感を持てないでいる圭介とは根本的に違う。叔父に言わせれば、「そんなこと、生死のレベルでは大きな差があるわけはない」と一応、泰然としていた。その話を笑って母が「あの子には家計を別にした女の人がいるのよ。子供もいる」と暴露した。どうなっているのか、叔父のことも霧の中だ。

だが、この叔父が圭介に、圭介の朦朧《もうろう》とした世界に風らしきものを運んでくれた。休みが取れる都度、訪ねて来ては、例の冗談交じりの話をしてゆく。解《ほぐ》れて行くものが、あった。

車で外に連れ出しては、誰とも話さなくても世の中が見えると、唆した。母の運転手ができるようになったのは、そのお蔭だ。

圭介が朦朧とした世界で自分を見失っている間に、吉野麻子も結婚して、しかし仕事は継続していたから、その後に離婚して独り身になってからも野々宮の社長、母の片腕として仕事のキャリアを積んでいた。

徐々に平常心を取り戻しつつあった圭介に、母はまず家周りの用事を言いつけた。簡単な料理もできるようにと、くどいほどに教え続けた。

母の遠い視野には、もしかしたら麻子の姿が像を結ぶことがあったかもしれないが、それはわからない。見当違いの好意で息子が自沈したことは知らないだろう。吉野は何も言うまい。直子も同様に。

息子は普通に、とは言えないが曲がりなりにも生活を維持することはできる。維持できるように仕組まれているのだが、そのお膳立てはできたと微かには思ったかもしれない。

問題は、人との関わり方だ。傷つくことを極端に恐れる。脅えて尻込みする。プライドなど持ち合わせるはずがないのに。形ばかりの仕事にせよ、野々宮から外されたと角張って見せたが、実は名目だけの役職は与えないという、母の見識だったに違いない。

麻子はそれに応じた。端仕事では潰さない。それくらいならむしろ、気ままに泳いでいる方がいい、と。

それは大昔から投げ返されて、ようやく圭介の掌の中に収まったボール、ではなかったのか。

川向こう

亜希子《あきこ》はふと、あの一連の出来事の、そもそもの始まりを、また思い返してしまう。

二十七歳のあの日、父に呼ばれて久々に帰郷した日のことだ。電車を降りて駅前からタクシーを利用すれば済むものを、昔よくそうしたようにバスに乗ってみようと気が変わった。市内と郡部を分ける県内有数の一級河川を渡る橋の手前でバスを降り、実家に向かっていたあの日。そこはほとんど市の外れに近かったものの、その時でも、歩き出した道の両脇の大半は畑や田んぼが占めていたが、確かに宅地化が僅かずつとは言え、進んでいることは窺われた。遥か南の飛騨の山地から流れてくる川に沿って遡る形になる道は、整地こそされてはいたものの、間もなく舗装が切れ、田んぼの中へと誘う。それはもう農道としか言いようのない細さに変わった。間を置いてポツンポツンと残る農家を田んぼの向こうに眺めながら、この場所に越して来た頃を思い出していた。

永く、亜希子と両親の三人家族は、父の勤務先の関係上、官庁街に近く、しかも繁華街までは徒歩で数分の、いわば市の中心部で暮らしていたのだが、親の強い意向に沿って農業に携わっていた伯父、父の兄の、トラクター操作のミスによる事故での急逝で、抗い難く半ば力ずくのような形で父が農業に関わらざるを得なくなったという経緯があった。

もとより、田んぼの世話は小勢でできるわけもなく、土作りに始まり、水の管理、田植え、肥料散布、雑草の除去など矢継ぎ早で、おまけに天候に左右されるという、目の離せない作業が連続する。年々と言ってもいいくらいに更新される農業機械の操作も他人任せばかりとはいかず、しかも長田家は近隣では土地持ちとされていたから、以前から亜希子の父は会社勤務の傍ら、季節季節の作業は手伝わざるを得なかった。時間を取られる作業の辛さに比べ、実利の薄さには、報われぬ思いを長く持ち続けていたのではないか。また、後々になって綻びがあらわになってしまった伯父の家族内の不都合に、せわしく日々を過ごしていた傍らでも、長い年月の内には父はそれに気付いていなかったものかどうか。頻繁に行き来はあったのだから、口に出して言わないまでも何かしら察していることはあったのかもしれない。

実質的には農作業の大半は祖父と伯父とが仕切っていたのだけれど、片手間とは言え、会社勤めの傍ら、父は手を抜くことも叶わず、兼業農家の態を続けてもいたのだ。経験豊富とはいえ、すでに高齢の父親を補いつつの作業に、父が、少なくとも娘の前で不満を口にすることはなかった。けれども、娘の眼からしても父は、何か心に期してはいるのだろうと、亜希子は薄っすらと感じてはいた。

一方、連れ合いに先立たれた伯母は、農家の出ではあったけれど、遅くに生まれた息子が病弱だったこともあり、町場の暮らしを望んで家を離れるという挙に出た。祖父は、長男の息子である直系の孫への思いは断ち難かったろうが、腺病質な孫の行く末を考え併せ、飛び地で作業に手のかかる田畑のかなりを手放して、二人へのはなむけにしたのだという。金さえあれば、躱《かわ》せる不運もあるのではないか。切羽詰まった老親の結論だったものか。

つまり、米作りは、祖父は矍鑠《かくしゃく》とはしているものの、実質次男である父に委ねられることになったようなものだ。父は、折々は農作業は手伝ってはいたとはいうものの、気楽な次男として町の中に家を構え、一応自立した暮らしをしていた。母も亜希子も、父の意に添って日々をたてていた。長田家の農業は兄が継いだ。後継はその息子だ。そのように定められた路線があったのだ。それが思いもかけぬ事故で他愛なく崩れた。

父は、退職こそしなかったが、責任ある職位を退いた。早々に町中の持ち家も人に貸すことに決めた。描いていた将来構想を手直しする必要に迫られた。家族は祖父母の家に移る。構えだけはそれなりに大きいが古い農家、父が生まれ育った家、今や祖父母だけが住む農家に移った。父にとって会社勤めの方が、兼務となったようなものだ。亜希子が大学生になって東京に出た直後に、それらのことは起こった。

その頃、通常の会社員の定年は五十五歳だったろうか。父は定年を目前にしていたはずだ。勤務していた企業での働きが評価されていれば下請け会社にポストが準備される。確定ではないにしろ、前例からすれば、そういう可能性はあった。手応えもある。うまくいけば、その会社の経営陣に迎えられる道が開けないではない。兄が健在でありさえすれば……。そうしたことも念頭にあったかもしれない。

身近な一人の人間の不在が、人生設計を狂わせ、思いもかけぬ方角へ人を誘う。兄が逝き、兄の息子がコースを離れる。残された老親二人と、働き手を待つばかりの生きた土地を前にして、父は思い描いた将来像の修正を余儀なくされていた。

この土地で育ち上がった人間なら、「長田」と言えば、代々続いた土地持ちとして知らぬ者はいない。昔風に土地の言葉で「長田のあんま」と言えば、長田の長男で後継ぎで、だからこの地では然るべき男、地域の有力な構成員だと、誰もが知っていて、一目置かれる。一方、父は冗談交じりに「俺は長田のおっじゃだから」と外して笑いを取っていたものだが、次男は幾分軽めに対応され、村内の行事や図り事では、責を負わない、負わなくてもそう顰蹙《ひんしゅく》を買うことはない立ち位置にある。そういう在り様がいまだに微かだか昔気質の農村人に残ってはいる。そうした空気感を父は早くから敏感に感じ取って距離を置こうとしたのだろう。日常的に住まう場は外に置きながら、家業の手伝いにも力を惜しまない、いわば「いい子」の立ち位置を確立していたはずなのだが……。

兄の訃。その妻子の、言葉はきついが離反。老親に戸惑いの隙を与えず亜希子の父は素早く動いた。ここが自分の場所だと。この土地の、次代を背負う者が誰であるかを、暗黙の内に宣言したようなものか。長年の思いとは別の地平で生きることを父は余儀なくされていた。折々開催される町内の寄り合いには、当初は祖父の供をし、その内には一人で出かけるようになったと、母の電話口の声が笑いを含んだ。「えらく皆さんに馴染んじゃって」。

農作業に従事する人手は、どの家も手薄傾向だったが、地域で計らって田植え、稲刈りなど順繰り手当てをして急場を凌ぎ、一方では圃場《ほじょう》の広さを拡大均一化して作業効率を上げる工夫も始まっていた。ただ、規模の小さい農家が、生業を手放す例もチラホラと。と、淋しい例も母の話に聞こえてきてはいた。そうこうする内に祖母、祖父と相次いで逝った。近隣を巻き込む諸行事、例えば葬儀にしても、長田家に限らず慎ましくなる傾向だ。盤石だったはずの地域の繋がりに、希薄さ脆弱さが進んでいるという印象は拭えなかった。

数年経ち、父から「相談したいことがあるから、時間が取れる時に一度帰郷してくれ」と連絡が入った。卒業後、亜希子が東京で就いていた仕事は旅行社の外郭団体。外国人相手の観光ガイドで、季節を問わず需要は増えつつあるがパターンがある程度決まっているため仲間内で融通がきく。出かけるのは、父の方の春先の田仕事が一段落した頃を見計らった。朝、発って昼過ぎに到着。一泊して帰京の予定。

父からの相談とは？　通り一遍の、独身の娘に年齢的に期待されていることなら兎も角も、それをして〝相談〟と言うものだろうかと、頭を捻らざるを得ない。考えてみてもわかることではないが、心楽しいことばかりではあるまいと、想像はしていた。

折しもバスを利用しての道すがら、中心部を貫く幹線道路の拡幅とおぼしき工事が進む中、道の中央に移設に応じないらしい民家が一棟、異物のように残っているのが目に留まり、気持ちに引っ掛かった。町が動き出している。その行く末に不興や不満の立場を、こんなにも明らかな形で、もっと言えば無残な形で意志を示す、あるいは示さざるを得ない人もいる。

街の様子が刻々と変わることの多い東京などにいると感覚が麻痺というか悪慣れしてしまい、あまりマイナーに感じることはないのだが、この光景には亜希子の胸にも僅かならず触るものがあった。

胸が騒ぐというほどのことではないが、少しささくれてしまった気持ちに余裕を持たせたくて、バスを降りてから野の道を歩く速度はいつしか落ちていた。

田んぼの若い稲の緑が美しい。亜希子たち親子は市の中心部に近い町の中の暮らしだったが、春先は農作業の手伝いのために実家に出かける父に付いて、この道をよく辿ったものだ。その頃は今よりもっと細い、あぜ道と言ってもいいくらいだったけれど、この道が亜希子は嫌いではなかった。

「稲の緑は、特別な緑だ」と、この道を並んで歩いたことのある、高校の男子同級生がいたことなども頭を過る。「確かさ、この緑はフレッシュ・グリーンと言ったと思う」。彼は本当は違うことを口にしたかったのだろう。あの頃から十年にもなろうかという昔の他愛ない会話が頭を掠めたりするのは、父の用事なるものへの想像が働くせいだろうか。

改めて田んぼを見渡すと、今ではもう目にすることのなくなったピンク色の広がりの美しさが頭の中に甦る。忘れ難い。田んぼ一面を埋め尽くしたレンゲソウの花の見事だったことが目の奥にある。田んぼの肥料としてやがて鋤《す》きこまれるまで、まるで春先の明るさに包まれるようだった。はしゃいで同じ道を行ったり来たりしたものだ。

「そういえば……」

呟きながらあぜ道に目を泳がし、ある花を探していた。が、すぐに、季節がまだ先なことを思い出した。浅い流れに長めの茎を伸ばしてぷっくりと可憐な花をいくつもつける、ミゾソバ。亜希子は見たことは無かったが、その愛らしい花がソバに似た黒い実をつけるのだぞうだ。昔、飢饉のときには蕎麦がきのようにして食べた、などとは祖母が教えてくれたのだったか。それは置いても、あの、金平糖のような花の愛らしさは格別だった、と。

あの花が盛んに咲いたのは稲刈りの頃だったかもしれない、と少々記憶があやふやになった。が、おまけに、こんなこともあったと思い出が続く。あの流れに、いるはずのない大きな鯉が泳ぐのを何匹も見つけて祖父を呼びに田んぼ道を駆けたことなども。前日の大層な雨のいたずらで近くの農家の池が溢れ、飼っていた鯉たちがミゾソバの花影を映す田んぼ脇の流れに迷い出たのだという。そんな顚末なども聞かされたっけ。

あれやこれやと思い出しながら、集落が尽きる辺りの大きな屋根を頂いた古い農家に向かう。足取りは更にゆっくりとなり、今はただ緑が広がるだけの中を歩んでいた。道の小石が何かに当たって撥ねたらしい音にハッと心づいて振り返ると、黒いセダンが亜希子との距離を測るかのように速度を落として近づいていた。

「あ、すみません」とばかりに後方の車に頭を下げ、用水の少し先にある路肩に体を避けた。車は、速度を上げるでもなく、亜希子の脇を静かにすり抜けた。車中の後部座席の人影が、明らかに亜希子に挨拶をするごとく、おっとりと頭を下げるのが見えた。その時は、白っぽい和服の年配の女性、と見えただけだったが、却ってこちらが恐縮するような振る舞いだった。

車は先へと進み、道の先の神社の木立に紛れて見えなくなったが、木立が隠しているのは祖父の、今では父の家だった。この辺りの農家の造りは大小の違いこそあるが、どれも似たような前庭が母屋の前に控えていた。道から家屋までの間に大きめの倉庫があり、かつては馬などの家畜の小屋で、今では農機具類を保管する場所となっている。収穫物を運び込み納める納屋もある。いずれにせよ、前庭は広く取ってあった。

「うちに用なのかな？」とは一瞬思ったが亜希子が帰宅を急ぐことでもなかろうと、足を速めることはしなかった。だが、家を囲む生垣を過ぎると家の前庭に先刻の黒い、高級そうな乗用車が、すでに方向転換もして停車していた。背広姿の中年の男性が車の脇に立ち、どうやら乗せてきた人物を待っているという風だったが、亜希子の姿に気付き、笑みを浮かべて軽く会釈をした。物慣れた風情で、礼を失しない。

運転手付きの高級車。相当の人物を乗せてきたのか？　その人物は？　と視線を上げると、母屋の玄関前に白っぽい和服姿の女性の後ろ姿が見えた。父が玄関の引き戸を背にして立ち、その少し後ろに、父に憚った風情の母の姿もあった。

父が亜希子に気が付いて「丁度いいところに」と笑みを浮かべて手招いた。小走りで父の横に立ち、目礼すると女性は如才なく笑顔になり、「お嬢さんね。先程は……」と親し気に返した。

女性の「先程は」の言葉を訝しんだか小首を傾げはしたものの、父は「仕事のことでお世話になっている方だ。巽《たつみ》さんとおっしゃる」と紹介した。

「このあたりまで足を延ばすことはないものですから、ちょっと廻ってみたのですよ。長田さんのご住所が確かこの辺りだったと思い立って突然お伺いしてしまいました。お驚きになられましたでしょう？　奥様もごめんなさいね、お気を遣わせてしまいました」

物語の筋からすれば、この手の訪問はお付きの人がまず主に先んじて門を叩くものだろうに、本人がそれをするとなると、父とはそこそこ親しい間柄と言えるのではないか。この、突然だったかもしれない訪問には前段がある。何もわからぬままだったが、そんな思いが亜希子に閃いた。が、そのこと以上に亜希子を呆然とさせたのは、巽という女性の身なりだった。

「白大島……」

つい先だって、外国からの観光客の内の小人数の女性客から〝是非に〟と乞われて銀座を案内していた折、「日本の着物を近くで見たい」という希望があって急遽、呉服店に伴ったことがあった。その店の、奥まった座敷の衣桁《いこう》に、それが架けられていた。外国の女性客の視線が華やかな総模様の振袖などに向かい、嘆声を上げている間、亜希子はその白地の反物から目を離せなかった。

奄美大島で作られた絹織物。陶芸に使われるのだという白土を水に溶かし、不純物や鉄分を沈殿させたアルミ質が残っている水で糸を染めることを何度も繰り返す。と、帰宅してから大急ぎで開いた『着物の本』に紹介されていた。その果てしのない作業が、この生地を世に出したのだ。袷《あわせ》に仕立てれば袷の季節に。単衣《ひとえ》に仕立てれば盛夏を除く夏の単衣として身に着けることができる、とも。

手の込んだ分、値の張る布は到底若い身で手にすることは不相応で、また、不釣り合いな、とわかっていても、店内の微かな風にも衣桁に架けた布裾が軽く泳ぎ、気のせいか光を纏うかのような白大島。危うく仕事中であることを失念するところだった。

その白大島。勿論、あの日に出会ってしまったものではない。地紋の亀甲の大きさが異なるし、身に着けている人の印象が、独自の雰囲気を作りだしている、ということもあるのだろう。

が、それにしても驚きが、まずあった。明らかに違うが、あの白大島が孕《はら》んでいた空気感があった。多分、この年配の女性が自分のものにしている気配と合致しているからに違いない。白大島に負けない存在感を、この人は有している。勿論、お金持ちには違いない。が、お金を着てはいない。この清々しさを身に纏うにふさわしい人なのだ。亜希子は、そういう印象をもった。

あの日、案内した客をホテルに送った後、亜希子は一人で呉服店を訪れ、再度、白大島の前に立った。眺め上げながら時折溜息の漏れる亜希子に店の主が椅子をすすめた。ゆっくり見るように、との心遣いだったのだろうが、恐縮して後退った。先刻の呆けたような亜希子の姿を目にしていたのだろう。柔らかく声をかけてくれた。

「間もなく夏支度ですね。数日すれば越後上布を御披露できますよ。目にするだけでも、今日のあなた様のように、ときめきを感じて頂けるはずです、どなたにも」

佇まいや身なり、年頃からしても、人品、と言っていいかどうかさえ誠に危うい若い女に、人を見る目の充分に肥えているはずの一流店の商人の言葉は、亜希子を少なからず焦らせた。「とんでもないことです」と、示してくれた好意に深く感謝して、大急ぎで店を辞した。そんな出来事があった。

いつの頃からか、亜希子は和服姿の女性が気になるようになっていた。お稽古事のためではないし、滅多に和服を身に着けない母の影響では勿論ないから、それぞれの持って生まれた好みの癖ということにでもなるのだろうか。

この、巽さんという人は、もしかしたら盛夏には、上布に袖を通すことがあるのかもしれない。街着としては贅沢に過ぎる、と自分ごときにも思える、底の知れない奥深さを、ことによると、この女性は抱えているのではないか。

越後上布、とは如何なるものか。興味を引かれて、また本を開いた。

産地が新潟、南魚沼郡。麻の繊維から糸を取る。取ることを紡ぐとは言わず〝うむ〟と呼びならわす。近世末期、越後塩沢の人、鈴木牧之《ぼくし》という商人が著した大部な随筆『北越雪譜』に「雪中に糸となし、雪中に織り、雪水にそそぎ、雪上にさらす。雪ありてチジミあり」と。また、「雪中に籠り居る天然の湿り気を得ざればなし難し。湿気を失えば、糸折れることあり」とも紹介されている。途轍もない大雪と寒さの只中で、上布は生み出される。それがこの夏布の涼しさをもたらしてくれる、と。

中でも亜希子を感嘆させたのは、〝麻の繊維を、口に含んで湿らせながら、より細く手わざに裂きつつ繋いでゆく〟とのくだりだった。

「そのうちに、また」と、笑顔になり、柔らかな声音の挨拶を残して巽さんを乗せた車がゆっくり道に消えるのを亜希子は、見つめていた。

「ご用はなかったんでしょうかね」

不審そうに問いかけた母に、素っ気なく父が返した。

「この辺りを下見したかったんでしょ」

「下見？」

父は、母の疑問に答えず、亜希子を促して居間に向かった。

「お疲れさん。バスで来たのか？　工事中の道を通って？　見た通りだ。市の、県でもあるが、決定した計画を受け入れようとしない人もいる」

着く早々の世間話にしては硬い話題だ。啞然としつつも、今ほどの来客との関連でもあるのだろうかと、亜希子は勘繰った。

様子の知れない外国の人と出会う機会が多いと、相手が今、何を感じているのか、考えているのか、思いを巡らすことが少なからずある。円滑に行程を進めるためにも、旅行者の表情一つ、視線の向かう先にも、相手の気分を測るということを、行き届かないまでも努めてみるということも。

すると、父が今回呼びつけた話というのは、たった今の口調が暗示しているのではないか。亜希子は緊張しながら耳を傾けた。

少し間を置いて、母が大急ぎで準備したらしい茶の盆を持ち出し、「あなた」と気遣って声を掛けた。父は心づいたように一呼吸し、照れたような笑顔になって茶を啜った。来客と、やはり何かしらの関りがあるのだろう。それで気が急いたか。多少は大人の目線になって親を見ていた。

茶碗を置いて父が訊ねた。

「変わりはないかね」

「はい」

電話で話した通りの答えを返し、何とはなしに親子三人で笑った。

「こっちはね、ゆっくりだがね、町が動き始めている。バスから見えたようなことが他の場所でも起きるかもしれない。かねてより策定されていた都市計画絡みの諸政策が順次着手されているんだ。勿論、前広に関係地区には通知され、時間をかけて地区並びに住民の了解を得ているはずだ。だが、どこかで行き違いが起これば、計画の全体が、場合によっては頓挫する」

「難しい話ですね。つまり……、つまり、その都市計画とやらが、この辺りにも及んでくる、あるいは具体的なプランがすでに示されている、ということですか。この家にも関わりがある、ということなのですか？」

「そうだよ。まだずっと先ではあるんだが、いずれその時が来る。ここは隣接する村との境界に近いから、具体化するのは数年先になる。なるはずだ。この地域では今のような話は知らない住民の方が多いだろう」

「何故？」

不安げに母が二人を見ていた。父と母は、このことを巡って、随分と話を交わしていただろうに。亜希子の「何故？」という疑問と同質のものが、母の心許なさの底にあるのではないか、との思いが一瞬亜希子を掠めた。気持ちの奥に、あの〝巽さん〟が介在しているのではないか、と。母のように、ただ悪のみ込みしているだけでは話は前に進まない。娘を呼び寄せた理由を、整理して聞かせてもらわなければ。直截《ちょくせつ》に聞くことだ。

「で、計画の見通しについて、お父さんはどうして知っているの？」

「さっきの巽さん」

あまりに軽々とした答えに、母と娘は思わず顔を見合わせた。

「彼女は僕の、高校の同期生だったんだ。なにしろ、一学年が九クラスもあった年代だから、知らない、に等しい人だった。大学を卒業して、こっちで会社勤めをし、身も固め、役職に就いた頃、経済団体の集まりで出会ったんだよ。再会というほどのことでもない。こちらは一介の会社員だったわけだが、あちらは人も知る当地の資産家で金融業を営んでいるという家系だった。僕らの以前の家は城址公園の西側だったが、巽家はかなり離れた東側。背の高い屋敷林に囲まれた大きなお屋敷だ。そういうお人だから繋がりは、高校の同期生というだけことだった。話も碌にできやしない。そりゃあ名刺交換はしたさ。営業人として普通にね。ところが何故だか、あちらが僕を覚えていて、お家は今でも川のそば？　って聞くんだ。市中心部から事情があって最近元の家に戻った、と、話したさ」

巽さんが関心を持ったのは、父ではなく、この場所、古い農家の建つ、この場所？　川のそばの？　頭に浮かんだ、この妙な感触を亜希子は口にしなかった。巽さんが興味を持ったのは〝土地〟ではなく、〝場所〟なのではないかと思いつつ、まずは続いている父の話を聞いた。

都道府県・市町村は、それぞれに独自の将来像を常に考えている。その実現に向けて案を作成し、各方面との折衝の後、計画を決定し、告示に至る。大まかに父の話が続く。

これら一連のことには時間がかかる。その、どこかの時点で関係者以外が、部分的に知ることも起きるのではないか。民間の生産や商業活動、殊に資金面に関連して投資を期待する動きなどの隙間で……。

父の、家族相手の話は大雑把で要領を得ないところがあったが、要旨は、どこかの隙間で情報の一部が漏れ得るということだったろう。

「この辺りまで大きな道路が開通する。市の南部の市街化が進み、都市機能の向上のための施設や住民サービスのための公園も計画に入るのではないか。つまり、土地利用に規制がかかる」

「田んぼが削られる？」と、母。

「ああ、場合によっては。場所によっては大幅に」

重ねて母が問う。「家は?」、と。

「位置によっては、区画整理の対象になることも。ま、いずれにしろ取り上げられるということではない。手間はかかるが補償はされるのだから、大仰に捉えることではないよ。ともかく、ともかく、直ぐにという話ではない。まだずっと先の話なんだ」

だが、父の話には続きがあり、それをこそ、今、話したいのだと、それが〝相談〟なのだと、亜希子は合点した。


「計画が具体化するまでは時間がある。その前に、取り掛かりたいことがあるんだ」

正面に座っている亜希子の眼を見て父が言った。

「お父さんは、ここで事務所を立ち上げたいと思っている。これから動き出す都市計画絡みの様々なこと、つまり、不動産に関わる取引全般の業務に、まず関わってみたいのだ」

「不動産業、ということ?」

「まあ、そうだ」

「資格が必要なんでしょう」

「今から勉強、では遅いからね」

「じゃあ」

「資格を持っている人に来てもらう。宅地建物取引士、通常、宅建士と呼ばれる人だ。当面それで商売をしようということではないんだ。それ以前に、この地域の改良に当たって発生が予想される要望やトラブルや、細々した事項の解決を図りたいのだ。行き違いや取りこぼしのないように。それと……」

それが一番言いたいことなのか、父が鼻を啜り上げた。父の癖はよく知っている。

「道や公園の計画にかからない自分の田んぼを使ってアパートを造りたい。アパートのオーナーになろうと思う。我が家が今後営む仕事として」

「農業ではなく」

「そう」

「それで、ゆくゆくは私にオーナーを継げと？」

「わたしらが仕舞っていって、その後、どうするかはお前に任せる。差し当たって、この家に戻ることを考えてくれ。立ち上げる事務所の手伝いをして欲しいと思っている」

「すぐには返事はできない。あちらでの仕事もあるし」と、亜希子は答えた。

「急がなくてもいいが、早い方が有難い」

そんな会話の後は、平常通り母の手料理を賞味して、普通に東京暮らしなど他愛のない話をして帰京した。父はまだ数年は田んぼに関わるだろう。稲刈りをし、来年も多分田植えをし、働きつつも今後を考えていくだろう。

亜希子も将来について考え始めていた。こちらでも、これまでそうだったようにやっていけるだろう。だが、父の話にも興味を持った。地方とは言え、ダイナミックに町や人が動き始める中に立つのも面白かろう、と。

そんな中、社に電話が入った。「長田亜希子さんはいらっしゃいますか」、と。電話を取った同僚が「なんか、上品な方」と。

察しがついた。巽さんだ。

「東京に来ております。数日滞在しますが、昼食でもご一緒に如何。ご都合のよろしい日に」

今日は予定が入っていない旨を伝えると、「良かった！」と、笑顔が零《こぼ》れるのが見えるような声になった。

「亜希子さんはお仕事柄よくお使いになるのでしょうが、銀座の資生堂パーラーなどは如何？　久し振りにあのお店のオムライスなど食べたくなって」

オムライス……。何と愛らしい。気張らない、気取らない物言いも好ましかった。父と同い年で、このような、甘えとは違う柔らかい話し方ができるものか。田舎の、玄関先での印象そのままであることに、何かしら安心に似た思いになった。が、その店の、そのメニューが、絶品とされていることを、亜希子も知っていた。

紅茶を前にして旅行社での仕事の話をひとしきり聞いてから、巽さんは悪戯っぽい目になって「ヒッタシボリ」と声を潜めた。「は？」、意味がとれなくて亜希子がカップをソーサーに下ろすと、

「わたくしね、亜希子さんとは以前にも出会っているのですよ。大阪で。大阪で」

「大阪で、ヒッタ？　えっ？」と驚いて膝に手を降ろした。大阪の友人の結婚式に招かれた時、疋田絞りの訪問着を着て行った。郷里の呉服屋で見つけ一目で気に入りもとめたものだ。地色が赤みの灰紫と地味めだったが、肩から裾にかけての絞りのバランスが小気味よくて、絞りの部分には染めの家紋は入らないというのを無理にお願いして縫い紋にしてもらったものだった。晴れの席にも一応形になったと、胸を張って出かけた一着だった。

だが、何故、何故と疑問が膨らんだ。

「宴のあと、すぐそばの美術館にお寄りになった」

「はい、滅多に見ることができないお茶碗が飾られているというので寄りました。曜変天目

茶碗です」

「あなたは、いっかな、お茶碗の前から動こうとせず……」

「その時、ご迷惑をおかけしたのですね」

「ご迷惑、というか、じっくりお着物と貴女の真剣な横顔を拝見しました。〝この、のめり込みはいいね〟、と、連れと感心したものです。会場は暗いのですけれど、拍子拍子に、照明の届く角度がありましてね、お着物の縫い紋が見えました。剣片喰《けんかたばみ》でした。絞りが混んでいますから目に立ちません。気が付かない人がほとんどでしょう。でも縫い込まれている。誂えた人の意志が見えました。力の強さを示す紋ですね。館を出たところで落ち合われたお友達と交わしている会話が聞こえて、連れが〝君と同郷のお嬢さんのようだ〟と言うものですから、明るい陽の下で、あなたをしっかり見たのですよ。で、疋田の絞り。渋いけれど目に立つ。通りすがりにだって、人の眼は違うものを拾うものです」

言葉を切って大きく息を吐き「ご縁ですね」と笑顔になった。


あの時から十年になる。亜希子は父を手伝い、宅建士の青年と結婚し、父は、本人は照れてアパートと言ったが三階建ての集合住宅「ハイツ・ナガタ」のオーナーになった。

所有地の大きな部分が公園になるという、上々の立地条件を得て、その北側に位置する

〝アパート〟を三階までとしたのは、それ以上にすれば圧迫感があり、川べりだの公園だのとのバランスが崩れて美観を損なうからだ。が、三階にすることでエレベーターを設置することになった。当時としては金の掛かった建物となった。いきおい、企業や官庁の転勤者などと入居者が限られてくるが、当初から巽さんのアドバイスがあった。住民の生活姿勢が町の力、勢いのレベルを決めるのだから、と。勿論、口だけではなく、有難いことに、資金の援助も申し出て頂いた。

融雪装置のある、ゆったりとした駐車スペース、収納庫、建物周りの緑地と花壇。一階には居住者のための集会室、来客に備えての談話室など、行き届いていた。そうしたことは大部分巽さんの経験と知恵から出たことだと亜希子は推している。ハイツ経営という、父の発案と計画は画期的ではあったが、ここまでの域には達していなかったと思う。この手の建物にも格があるとすれば、ここは上等の部類に違いない、とも。

これら破格な指示・指定を受けてもらえる代償として、と巽さんは一つの依頼をしたという。「三階の部屋を自分に使わせてほしい」と。西側のほぼ壁幅いっぱいを使ったベランダのある部屋。そこからは、大きな河と対岸の集落を眺めたい。この注文を呑んでくれるなら、お手伝いをしよう、と。

巽さんの財力や、それを活用しての政治力からすれば、この場所に限らず、どこでも望みの家が建てられる。なにか事情があるのだろうか。父は不審がるにしても、それだけのことなら要求を呑むだろうと亜希子は思い、そうなった。

ハイツが竣工し、入居が始まった。ハイツの近くを通る市道は四車線になり、両脇に幅広の歩道がついた。街路樹も植えられ、各種商店、会社、飲食店が並んだ。公園に付随したスポーツ広場では競技に興じる歓声も上がる。実に良い場所になった。

一方、巽さんにとっての〝場所〟は、いつも静かだった。何度か声を掛けてもらい部屋を、三階の西側に面した部屋を訪ねた。ベランダに寛げそうな椅子・テーブルがあり、部屋には、これはちょっと重厚そうな机と革張りの椅子、小振りの本棚。キッチンには恐らく湯茶のためだけのセット。

巽さんは、一人で過ごすためだけに、この部屋を使っている。

この部屋へは、あの黒塗りの車が送迎する。運転をしているのは横川さんという巽家先代から親子で仕えているという、あの、礼儀正しい人だ。父から話で聞いただけの、あの大きなお屋敷に、巽さんはご両親亡き後、一人で住んでいるのだそうだが、家の手入れや食事のことなど、一切は横川家の家族でみてくれているのだということは巽さん自身から聞いた。

ある時、ベランダで茶を馳走になっている時、巽さんが聞いた。

「べっ甲って、ご存じ？」

「見たことはありませんが、お嫁さんが髪に挿す？」

「大昔ね、わたくしが、多分三つにもならない時、鏡の前で髪を結ってもらっている女の人の後ろにいたの。結い上がった髪にユラユラと揺れる簪《かんざし》を挿してもらってから、振り返って、わたくしを見て涙を流したの。簪の飾りが揺れて、とても綺麗だった。髪を結っていた、多分髪結いさんね、〝べっ甲が泣きますよ〟って言って……。べっ甲って泣くんだ、と不思議だった」

そこまで言って、しばらく口を噤んでいる巽さんに声はかけなかった。この方の寂しさは、そんなにも小さい時から胸に沈んでいたのだ。巽さんも言わず、亜希子も問いはしなかったけれど、べっ甲の簪の時が、母と娘のお別れの時だったのに違いない。

いきさつはわからないし、本当のところは見えないが、巽さんが〝この場所〟に拘りを持つのは、長じて事実を知った時、この川の向こうの、丁度あちら側にもある神社の屋根が見える辺りに、生家があるのではないか。母がいた場所、母と離されてしまった場所。

遠い昔に、未だに思いを持っていかれる巽さんは、まだ幸福というものに出会ってはいないのではないか。

ここでの、この時間に、安らぎと慰めを得ているのであれば、それを、こうやって身近で見ていて上げるのが、せいいっぱい、礼に叶うことではないのか。亜希子は心の中で頷いた。

後年、巽さんの訃がもたらされた時、土地・屋敷が茶器や美術品と共に文化財として市に寄贈され、横川さんの家族には貴金属などが贈られたと聞く。

亜希子には、故人の手紙が添えられた〝白大島〟や〝越後上布〟など、和服数点が届けられた。

「跳びなさい」――あとがきに代えて――

二〇〇五年六月、中部ペンクラブの第二回総会が名古屋で開催された折、講演会講師として招かれたのは村田喜代子氏だったから、私は勇躍して聴衆の一人になった。

村田氏の作品との付き合いは、氏が第九七回芥川賞を受賞された『鍋の中』に始まり、以来、ほぼ全作を読んでいるのではないだろうか。今日に至るまで魅了され続けている。

その日の演題は、『小説という異界への飛行』。内容は「小説が自分を見つめるものならば、自分は足の下を掘るのではなく、見るために上へ飛んでいく」という内容だった。

そして話は、こう続いた。「小説家には定年がない。記憶力は弱まるかもしれないが、想像力は無くならない。書いて書いて、どれほど遠くまで飛べるか……」。

私は秘かに思ったものだ。「飛べないまでも、せめて跳ぶぐらいのことは」と。

そうして、ずっと、氏の言葉に背を押されている。

今回の『砂の本』の刊行にあたり、各方面の方々のお力を頂戴しました。誌面を借りて、ご関係の皆様に、心からお礼を申し上げます。

二〇二五年一月

山口　馨

初出一覧

駑《ど》馬《ば》　『渤海』69号　二〇一五年　春季号
鋏　『渤海』70号　二〇一五年　秋季号
花野　『渤海』71号　二〇一六年　春季号
漂砂　『渤海』73号　二〇一七年　春季号
悪《わる》虫《むし》　『渤海』59号　二〇一〇年　春季号
年《ねん》縞《こう》　『海』104号　二〇二一年　秋季号
むじひ　『海』105号　二〇二二年　春季号
闇浄土　『渤海』78号　二〇一九年　終刊号
ゆくえ　『渤海』75号　二〇一八年　春季号
川向こう　『海』108号　二〇二三年　秋季号

〈著者紹介〉

山口　馨（やまぐち　かおる）

中部ペンクラブ会員
文芸同人誌「渤海」（78号にて終刊）、その後「海」・「ムーの会」にて小説執筆
「とやま文学」ほか地方誌紙にて小説、エッセイ、コラム発表
瀧口修造研修会会報「橄欖」にオマージュ発表

受賞歴
2008年「イヌイットの皮袋」で文芸思潮全国同人雑誌優秀賞
2009年「月壺」で文芸思潮全国同人雑誌優秀賞
2011年「悪虫」で文芸思潮全国同人雑誌最優秀作品賞（まほろば賞）
2017年「駑馬」で中部ペンクラブ文学賞

作品集
『山口馨 01-03』『山口馨 04-08』
短編集
『風景』（季刊文科コレクション、鳥影社）

砂の本

〈季刊文科コレクション〉

2025年1月17日初版第1刷発行
著　者　山口　馨
発行者　百瀬精一
発行所　鳥影社 (www.choeisha.com)
〒160-0023 東京都新宿区西新宿3-5-12トーカン新宿7F
電話 03-5948-6470, FAX 0120-586-771
〒392-0012 長野県諏訪市四賀229-1（本社・編集室）
電話 0266-53-2903, FAX 0266-58-6771
印刷・製本　モリモト印刷

ISBN978-4-86782-132-9 C0093